미라클
베이커리

"너를 떠나서는 숨 쉴 수가 없어."

"당신을 떠나서는 꿈꿀 수가 없어요."

미라클 베이커리

임선영 지음

상상앤미디어

프롤로그

"너를 떠나서는 숨 쉴 수가 없어."
"당신을 떠나서는 꿈꿀 수가 없어요."

내가 사랑하는 것들은 그렇게 떠났다.
작별의 말도 없이.
나 또한 그렇게 사라질지도 모른다.
나를 사랑해준 이들에게
작별을 고할 틈도 없이.
그곳이 사라지기 전에 그들이 사라지기 전에….

팥빵, 크림빵, 소보로빵, 롤 카스텔라, 티라미수와 크루아상.
달콤한 빵에 얽힌 사소한 사랑 이야기.

"당신의 행복한 순간을 함께해준 '인생 빵'은 무엇인가요."

목차

3부
1962년 겨울 산지천 골목길 영춘 빵집

4부
미라클 베이커리 어게인

1부

2020 서울
미라클 베이커리

스타 셰프 미라클

30대 프랑스 유학파 셰프 미라클은 승승장구 중이다. 자신의 이름을 건 '미라클 베이커리'는 문을 열기도 전에 줄이 백 미터 넘게 서 있다. 만드는 빵, 케이크는 모두 그날 솔드아웃. 이뿐만이 아니다. 편의점에는 얼마 전 '미라클 빵'이 출시되어 한 달 만에 천만 개 판매되는 역대급 신기록을 달성했다. 이는 김혜순 도시락, 백저팔 도시락의 열 배를 뛰어넘는 수량이었다.

TV를 켜면 아침부터 저녁까지 미라클의 얼굴이 평균 세 번 이상 나온다. 아침엔 주부들의 로망인 키친 가구의 광고, 점심엔 커피 광고, 저녁이면 맥주 광고까지. 그의 훤칠한 키와 준수한 외모, 로맨틱한 이미지가 여성들의 마음을 뺏고도 남았다. 특히 미라클이 진행하는 <미라클 브레드>는 중국어, 영어 등으로 번역되어 전 세계에 생방송 되고 있었다. 이 프로그램을 보기 위해 토요일 저녁 7시대에 백화점 매출이 줄어든다는 뉴스가 날 정도였다.

로맨틱하고 따뜻한 남자.

아침에 일어나면 자신의 여인에게 갓 구워낸 빵과 커피를 내려주는 미라클.

그러나 현실에서는….

일에서는 완벽주의였지만 사람에게는 안하무인이었다. 직원들에게 혹독하게 대하고 게으름이나 실수는 용납되지 않았다. 자신에게 이득이 되는 사람에게는 적극적으로 호의를 보였지만 자신보다 못하다 싶으면 말을 섞지 않았다. 그런 사람들에게 시간과 정력을 낭비하는 게 가장 바보 같은 일이라 생각했다.

미라클이 처음부터 이런 성공을 거둔 것은 아니다. 잘 다니던 명문대 전자공학과를 휴학하고 돌연 빵 유학을 떠난 그. 20대의 열정 하나로 프랑스에 유학을 떠나 명석한 두뇌로 프랑스 제과 학교에 입학했다. 시간과 돈이 부족했기에 잠도 줄이고 학교를 오고 가는 길에서도 빵만 생각하며 보낸 시간. 천재적인 두뇌와 특유의 근성으로 프랑스 제과 학교와 르 코르동 블루를 수석으로 졸업하고 바로 프랑스 초콜릿 명장이 운영하는 초콜릿 숍으로 들어가 마제스터로부터 사사했다. 이로써 빵과 디저트 초콜릿까지 세 분야를 마스터했다고 자신! 한국으로 귀국했다.

그런데 한국에 돌아가기만 하면 창창한 미래가 펼쳐질 것이라는 그림은 환상이었다. 서울 작은 골목에 베이커리를 차리고 자신이 배운 빵과 디저트를 구워냈는데 한 달 동안 손님이 아무도 없는 것이다. 바게트도 크루아상도, 남은 빵이 쌓여갔다. 절망도 함께 쌓여갔다.

그러던 어느 날, 한 노신사가 조용히 빵집 문을 열고 들어왔다. 그리고 크루아상과 커피를 주문했다. 마침 오븐에서 노릇하게 구워져 갓 나온 크루아상, 미라클은 한소끔 김을 식힌 후 갓 내린 커피와 함께 테이블로 가져갔다.

조용히 슬로 모션처럼 빵을 입으로 가져가는 노신사.

'이제 음! 이 맛이야 하고 감탄을 하시겠지요. 노신사님….'

미라클은 멀찌감치 서서 두 손을 모으고 노신사를 바라보고 있었다.

그러나 이 또한 환상. 노신사는 눈을 감고 입을 오물거리며 한 조각, 커피와 녹이며 한 조각 먹고는 자리를 떠났다. 노신사가 떠난 자리에는 빵 부스러기만 남았다.

"휴… 내 빵에 무슨 문제라도 있는 걸까…."

그 이후로 빵집은 긴 침묵의 시간.

며칠 후, 미라클 베이커리의 정적을 깬 것은 사람이 아닌 전화 한 통이었다.

“내일 아침까지 크루아상 백 개 가능하지요? 도착하면 바로 가져갈 수 있도록 포장해 주십시오.”

“네? 뭐라구요? 백 개???!”

“네! 무슨 문제가 있습니까?”

“어… 어어 아닙니다. 문제라니요. 이미 반죽 들어갔는걸요. 내일 아침 문 활짝 열고 기다리겠습니다. 꼭꼭 오십시오.”

미라클은 전화기를 내려놓고도 손이 부들부들 떨렸다. 대학 입학시험을 보고 합격 통지를 받은 것보다 기뻤다.

“기껏해야 하루에 서너 개 나가더니 백 개라니! 만세! 대한민국 만세!”

미라클은 머리에 끈을 질끈 동여매고 밀가루 포대를 신나게 풀며 빵 반죽을 시작했다. 냉장고에 고이 모셔두었던 버터도 탈탈 털었다.

다음 날 아침, 검은색 중형차가 빵집 앞으로 스르르 미끄러져 들어왔다. 검은 수트 차림의 경호원처럼 생긴 남자가 빵을 가지고 갔다. 밤새 빵을 구운 미라클, 잠이 오는 줄도 모르고 신나게 빵을 넘겨주었다. 차는 좁은 골목길을 빠져나갔다.

“감사하고 감사합니다. 또 오십시오.”

미라클은 차가 골목길 끝으로 점이 되어 사라질 때까지 폴더인사를 하고 있었다.

그리고 한 달 후.

넥타이 차림의 중년 남자가 미라클을 찾아왔다.

"여기 빵집 사장님을 뵐 수 있을까요?"

"예 뭐 사장이랄 것까진 없구요, 제가 여기 빵 굽는 사람입니다만, 어떤 용무이신지요?"

"아! 대표님이시군요. 잘 되었습니다. 저희 회장님이 이 빵집을 저희 새로 짓는 사옥으로 옮기고 싶어 하십니다."

"예? 회장님이라니요?"

"아 모르셨군요. 혹시 한 달 전 나이가 지긋하신 분이 크루아상을 먹고 가지 않으셨나요?"

"예… 아… 그분… 슬로 모션으로 빵 드셨던…."

"바로 저희 G2 그룹 조 회장님이십니다."

"하…."

미라클의 머릿속이 하얘졌다.

"저희 회장님께서 셰프님의 빵을 맛보시고 어찌나 감탄을 하셨는지요. 그날 저희 임원회의 주제는 때아닌 빵이 되어버렸습니다. 그리고 며칠 후 빵을 직접 맛보게 하셨지요. 임원들의 전체적인 평가가 있었어요. 지금 한국에서는 맛볼 수 없는 미래 지향적인 빵, 뭐 이런 평이랄까요. 그래서 저희 그룹 신사옥 1층에 이 빵집을 열어 전 직원에게 맛보게한 후 기업의 신사업으로 좋을지 그 가능성을 보기로 했습니다."

"신이시여! 저를 버리지 않으셨군요…."

미라클은 뒤로 돌아서 두 손을 이마로 가져갔다. 두 눈에 글썽글썽 맺힌 눈물을 숨기고 싶었다.

그날 이후로 미라클은 G2 그룹의 후광을 얻었다. 크루아상은 일명 '회장님 크루아상'이라 알려지면서 사람들의 입에 오르내리기 시작했다. SNS에도 해시태그를 단 회장님 크루아상 사진이 도배되었고 인터넷에도 신문에도 미라클의 기사가 쏟아져 나오기 시작했다.

미라클은 물 만난 용이 되었다. 프랑스 유학 시절에 배운 유럽식 식사 빵과 디저트를 선보였다. 여기에 G2 그룹의 지원은 여의주가 되었다. 서울 최고의 입지, 세련되고 럭셔리한 인테리어, 낭만적인 조명이 흐르는 베이커리에 미라클의 빵들은 예술품처럼 전시되었다. 남녀노소 할 것 없이 빵을 사기 위해 G2 그룹을 순례한다는 이야기가 나올 정도였다.

미라클은 신이 났다. 자신감이 하늘을 승천했다. 빵 만드는 과정이 기쁨이었던 미라클, 이제 빵은 미라클에게 성공의 열쇠가 되어갔다.

'더 큰 문을 열자, 한 번 더, 한 번 더.'

TV 프로그램에 단골 셀럽으로 출연해 빵을 소개하면서 스타 셰프로 부상했다. 그 인지도로 G2전자의 광파 오븐 광고부터 시작해서 최고의 배우들만 한다는 커피 광고까지 꿰찼다.

'더 큰 문을 열자, 한 번 더, 한 번 더.'

미라클의 사업 수완이 빛을 발했다. 직원들을 채용한 후 가장 최고의 효율로 제빵 시스템을 돌리도록 했으며 충실한 직원은 그들끼리 경쟁을 붙이고 불만이 많은 직원들은 바로 빌미를 만들어 자진 사퇴를 시킨 후 다른 업장으로 보내버렸다.

'내 성공에 걸림돌이 되는 사람들은 잡초건 약초건 무조건 싹을 뽑아 버리겠어.'

미라클의 시계는 세 배속으로 째깍거렸다. 일에 빠져 있다가 아무도 없는 집에 돌아온 미라클. 집에 돌아와서도 그의 일은 끝나지 않았다. 요즘 붙인 취미는 새로 장만한 3D 프린터로 자신이 디자인한 케이크를 만드는 일이었다.

"프린터로 과연 완성도 높은 디저트를 만들어낼 수 있을까…."

처음은 반신반의했지만 수백 번의 시행착오 끝에 그 배합과 기술을 알아내고야 말았다. 이제 어느 정도 완성 단계에 이르는 모습을 보면서 미라클은 회심의 미소를 지었다.

"됐어!!! 이것만 완성되면 오늘 눈앞에서 얼쩡거리면서 노닥거리던 직원 녀석들… 말끔히 싹 다 잘라주마! 평생 놀도록."

스위치 하나만 누르면 완벽하게 디자인을 따라 만드는 프린트.

"신이시여 또 한 번 이렇게 저를 구제하시는군요."

이제 미라클의 성공을 막을 자는 아무도 없을 듯 보였다.

조 회장의 제안

조 회장은 굴지의 글로벌 기업 G2 그룹의 창업자이다. 자수성가하여 지금의 사업을 일구어낸 사나이. 단신에 얼굴은 시종일관 무표정이었다. 그가 낀 네모난 안경이 뚝심을 보여주는 듯. 그러나 그 속의 눈빛이 강렬하여 쳐다보는 사람은 오금이 저릴 정도였다. 그의 눈을 볼 수 있는 이는 유일하게 그가 데리고 다니는 강아지밖에 없었다.

어느 날 아침, 산책 후 우연히 들른 동네 빵집. 거기서 한 청년이 땀 흘리며 빵을 굽고 있었는데 다가선 자신의 눈을 뚫어지게 쳐다보는 것이 아닌가.

'허! 뭐야 이 녀석….'

그 당돌함에 마음이 끌려 크루아상을 하나 주문했다. 헐떡거리는 강아지를 옆에 앉히고 테이블에 앉아 빵 한 조각을 입으로 가져갔다.

'아! 겉은 바삭하고 속은 촉촉한 것, 화려한 장식은 없으나 고급스러운 버터 향이 나비처럼 나울거리는 이 맛은!'

조 회장은 몸이 정지되는 듯했다. 동시에 머릿속에서 순식간에 젊은 시절의 추억으로 되돌아갔다.

조 회장이 유럽 시장을 개척하기 위해 프랑스로 건너간 때,

"뭐? 한국 전자제품을 외국에 수출한다고? 그것도 유럽에? 저놈 미쳐도 단단히 미쳤군."

여기저기서 조롱하는 사람들. 그러나 조 회장은 입을 다물고 꿋꿋하게 출장 가방을 꾸렸다.

'그래 당신들은 미쳤다고 생각하겠지. 아무도 가능하다고 하지 않은 일! 그래서 할 만한 가치가 있는 것이지. 두고봐. 당신들은 물론 유럽인들까지 나에게 머리를 조아리는 날이 올 테니.'

자신의 청춘과 소신 하나로 날아간 유럽이었다. 일본에서 들여온 부품으로 조립한 라디오를 가지고 유럽의 전자 회사를 하나하나 찾아다녔다. 찾아가는 회사마다 거절을 당했고 고작해야 명함 하나를 비서실에 두고 오는 정도였다.

"가진 돈도 다 썼고, 이렇게 춥고 배고플 바에는 집으로…."

비가 추적추적 내리던 날 그는 노천카페에 앉아 마지막 남은 동전으로 에스프레소 한 잔과 크루아상을 주문했다. 애간장을 태우듯, 식도가 타들어가듯 목구멍을 흐르던 커피, 그런데 반전은 빵이었다. 바삭, 하고 씹히는데 버터 향이 확 퍼져나오는 것이 아닌가.

"아! 나에게 날개가 있었어. 이처럼 하늘을 날아오르게 하는. 내일 이 빵 한 조각만 먹을 수 있다면 오늘 진흙탕에 굴러도 좋아!"

조 회장은 동네 빵집에서 그 프랑스의 100년 된 노천카페 크루아상을 찾은 것이다.

"나는 빵이 얼마나 사람에게 위안이 되는지 그때 처음 알았지…."

조 회장은 데리고 나온 강아지에게 대화하듯 조용히 말했다.

그날 이후로 조 회장은 미라클의 조력자를 자처했다.

'흠… 녀석 젊었을 때의 나를 보는 듯해.'

자신의 일에 미쳐 있고 당돌하며 남이 뭐라 하든지 직진하는 청년. 미라클에게 조 회장은 은연중에 동질감을 느끼기도 했다. 미라클 베이커리가 사옥에 자리를 튼 후 조 회장의 아침은 크루아상과 커피였다. 미라클도 크루아상만큼은 모든 일정을 뒤로하고 조 회장의 출근 시간에 맞춰 일찍 구워냈다.

그러던 어느 날, 여느 때처럼 새벽 6시, 같은 시간 같은 자리에 앉아 크루아상에 커피를 마시던 조 회장은 미라클을 불렀다.

"미라클, 다음 해 내가 글로벌 호텔 체인을 하나 만들까 해. 내 마지막 숙원 사업이랄까… 음… 자네 베이커리를 데리고 갔으면 하는데 어떻게 생각하나?"

미라클의 눈에 불꽃이 타오르며 동공에 지진이 일었다.

"켁켁켁."

미라클은 대답 대신 기침만 나왔다.

"미라클 베이커리를 글로벌화하려고 하네. 물론 투자는 전적으로 내가 하는 거지."

미라클은 여전히 아무 말 못 하고 손가락만 물어뜯고 앉아 있었다.

"우선 유럽 시장을 보고 있었는데 프랑스에 호텔 하나가 좋은 매물로 나와서 매입을 해두었다네. 1호점은 프랑스가 낫겠다 싶더군. 물론 자네의 해외 1호점도 프랑스가 되는 거지."

"예? 예!예!예!? 프랑스!!"

미라클은 눈물이 나려고 했다. 자신이 빵을 배운 프랑스. 좋은 추억보다는 서러운 추억이 많았다. 동양인이 무슨 빵 맛을 아냐며 학교 친구들로부터 따돌림을 당하는가 하면 교수님께도 실력보다 낮은 점수를 받아도 하소연 하나 할 수 없고. 빵집에서도 아시아인이라는 이유로 면접만 보면 박대를 당하던 날들. 그런 프랑스에 나의 이름을 걸고 그것도 세계적인 G2 그룹의 후광을 얻고 가다니!

"하느님! 아니, 아니 회장님!! 감사합니다. 기회만 주신다면 절대로 실망시켜드리지 않겠습니다. 미라클의 이름을 걸고 자존심을 걸고 멋지게 해보이겠습니다!"

"그런데 한 가지 조건이 있네."

'그렇지 그냥 호락호락 시켜준다면 조 회장님이 아니지….'

미라클은 정신을 바짝 차리고 조 회장 앞으로 의자를 끌어당겨 앉았다. 조 회장의 숨소리마저 놓칠 수 없었다.

"예! 회장님 분부만 내리십시오."

흥분하여 목소리가 커진 미라클에 비해 조 회장은 점점 더 진중한 목소리로 말을 이었다.

"자네의 유럽식 빵과 디저트 실력은 괜찮아, 충분히 뛰어나. 그런데 말이지. 그것만 가지고는 해외에 나가서 인정받을 수 없네. 날고 뛰는 사람들은 세상에 상상할 수 없이 많거든. 더군다나 빵의 제국이라 불리는 프랑스에서는 더더욱 말이지."

이제 우주 최고라 여기면서 한동안 심취했던 미라클, 자존심이 상했다. 그러면서도 묵묵히 조 회장의 말을 들었다.

"자네의 가치를 나에게 인정시켜주게."

"예 어떻게…?"

"최고의 팥빵을 만들어주게. 유럽은 물론 미국에서도 차별성 없이, 물론 아시아에서는 두말할 것 없고 말이지. 아이도 어른도 마찬가지로 이가 안 난 갓난아이부터 이가 빠진 노인들까지 아! 맛있어, 하고 감탄할 수 있는 최고의 팥빵 말일세. 이게 가능하다면 난 자네에게 올인일세!"

미라클은 놀랐지만, 한편으로는 어이가 없었다.

'팥빵?! 내 일생일대의 딜이 고작 팥빵이라니. 조 회장도 이제 점점 치매가 오려나…'

미라클은 조 회장의 제안을 마음속으로 비웃었다. 자칫하다간 그 비웃음이 얼굴에 드리울 뻔 했다. 미라클은 혼미한 정신과 목소리를 가다듬고 또랑또랑한 목소리로 대답했다.

"네! 회장님 문제없습니다."

"기회는 오직 세 번, 한번에 1주씩 모두 3주를 주겠네. 매주 월요일 아침 그 빵을 맛보러 오겠네. 세 번 안에 끝내지 못하면 이 투자는 무효야."

....

첫 번째 팥빵

미라클은 홀로 방 안으로 들어갔다. 미라클의 펜트하우스 천장이 확트인 실내공간. 모든 최첨단 장비가 설치되어 있었다. 미라클은 벽 한쪽으로 가서 중앙통제시스템을 조정했다. 그러자 슈퍼컴퓨터는 전 세계 빵과 디저트의 빅데이터를 수집하고 분석했다. 그 결과가 공중에 빙 둘린 세 대의 모니터에 신속하게 출력되고 있었다.

대형 모니터 하나에는 현재 전 세계에서 유행하고 있는 베이커리 트랜드가, 두 번째 모니터에는 가장 잘 팔리는 디저트와 판매량, 수익률, 세 번째에는 현재 페이스북 인스타그램에서 유저들이 올린 빵과 디저트의 사진들을 분석, 지금 전 세계에서 어떤 제품이 가장 상품성 있는지 그 맛과 향기, 수량과 레시피까지 차례대로 분석되었다.

미라클은 우선 자리에 앉아 백지에 연필로 쓱쓱 낙서하듯 하더니 몇 가지 키워드를 도출해냈다. 그리고는 컴퓨터에 바로 입력시켰다.

“자 그럼 슬슬 작전을 시작해 볼까… CODE 1.”

미라클은 키워드를 입력하고 엔터를 눌렀다.

그러자 슈퍼컴퓨터가 순식간에 데이터마이닝을 하더니 모니터가 재빠르게 움직였고 현재 전 세계 사람들이 가장 많이 사 먹는 빵의 유형이 분석, 1호 3D 프린터로 즉시 그 모형이 만들어졌다.

“역시 내가 개발한 시스템은 완벽해.”

미라클은 도출된 레시피를 둘러보고 인공지능 시스템에 바로 팥앙금을 주문했다.

“팥소는 말이야, 촌티가 흘러도 겁나게 흐르지. 향도 맛도 에지가 없거든. 커스터드 크림이라도 쓱 밀어 넣어줘야 기본적인 간지가 사는 거야. 빵 살도 두루뭉술하니 너~무 진부해. 무스 케이크 스타일로 가자. 아래 비스킷은 바삭하게 구워내고 그 위를 팥과 커스터드 크림 무스가 산뜻이 올라가는 거지. 그 위로 이 미라클 님의 필살기 초콜릿 장식까지!”

첫 번째 월요일.

미라클은 자신만만하게 첫 번째 빵 그 뚜껑을 열었다. 조 회장은 여느 때처럼 아무 말 없이 빵을 한입 먹는다. 눈을 감고 잠시 표정이 침울. 두 입도 먹지 않고 자리를 나섰다.

그리고 그날 오후 비서가 쪽지를 전해왔다.

"최악의 팥빵, 팥이 죽었네!"

....

두 번째 팥빵

미라클은 이마를 쳤다.

'아뿔싸! 조 회장님의 미각을 깜빡했어.'

조 회장은 대한민국을 대표할 만한 미식가였다. 한식, 일식, 양식, 중식 개인 조리장을 두어 최고의 식재료로 요리를 하게 하는가 하면 유럽 미슐랭 스타급 레스토랑들이 최고의 VIP 대우를 하며 모시는 분. 그에게 좋은 평가를 받는 것이 이제는 미슐랭 스타를 따는 것보다 영향력이 있었다. 또 와인은 어떤가. 조 회장에게 간택되는 와인은 그 이듬해 생산량까지 미리 완판될 정도였다. 그는 미식 계에서 재력만큼이나 막강한 영향을 끼쳤다.

'그런 조 회장의 입에 빵집에서 돌고 도는 팥 앙금을 들이밀었으니!'

작전. CODE 2로 돌입.

미라클은 슈퍼컴퓨터에 코드를 돌렸다.

'단순히 팥빵으로는 조 회장을 만족시킬 수 없어. 미슐랭 셰프들의 요리를 도입해야겠어!'

CODE 2의 알고리즘은 빵과 팥, 그리고 미식 트랜드가 결합되었다. 슈퍼컴퓨터는 전 세계 미식 트랜드까지 종합하였고 모니터에는 빵에 어울리는 전 세계 미슐랭 스타 레스토랑의 메인 요리들이 섬광처럼 반짝였다.

"알고리즘 완료!"

슈퍼컴퓨터의 소리에 따라 바로 프로그래밍 된 두 번째 3D 프린터에서 모형 제작이 완성되었다.

"그래 이 정도면!"

미라클은 레시피와 모형에 따라 두 번째 빵을 만들어 나갔다.

우선 원산지를 강조하는 미식 트랜드에 발맞추어 팥이 유명한 정읍에서 팥을 직접 불렸다.

"팥의 가장 큰 단점은 떫고 씁싸래한 사포닌. 이를 완벽히 제거해야 해! 빵은 부드러운 브리오슈 반죽을 응용, 최고급 프랑스 발효 버터를 쓰는 거야. 부드럽게 입에서 녹으며 버터리한 풍만감이 퍼지도록."

그런데 이것만으로는 무언가 허전했다.

"팥만으로는 조 회장을 만족시킬 수 없어. 킬링 포인트가 필요해… 킬링 포인트…"

미라클은 머리를 감싸 안고 방안을 빙빙 돌았다.

"맞다!! 트뤼플! 세계 3대 미식으로 불리는 검은색 송로버섯을 가미하는 거야. 이 정도면 팥으로 만든 명품의 맛을 줄 수 있을 터. 트뤼플로 팥을 고급화하고 그 위로 금가루를 살짝 뿌리면 돼. 미라클 이제야 르 코르동 블루에서 코피 나게 배운 요리 실력을 자랑할 수 있겠군!"

"미라클님 대단해요. 미라클님만큼 빵을 만들어 낼 수 있는 사람은 이 세상 어디에도 없을 거예요."

인공지능 스피커가 미라클에게 응답했다.

브리오슈 반죽이 보기 좋게 숙성되어 부풀어 올랐다. 팥은 통팥 40%, 고운 앙금으로 50%를 혼합한 뒤 그 10%를 트뤼플로 완성했다. 팥소에서 '나 명품, 나 명품' 하고 에지 있는 향기가 났다. 브리오슈 반죽에 완성된 팥소를 넣었다. 그리고 고급스러운 돔 모양으로 성형, 위에는 게랑드 소금을 뿌렸다. 상부 온도 180, 하부 온도 150도로 예열된 오븐에 10분간 구워냈다. 팥을 머금은 브리오슈는 따뜻한 오븐에서 우아한 오븐 스프링을 이루었다. 그리고 마지막으로 금가루를 뿌렸다.

"겉이 너무 타버리면 시골빵스럽거든. 유려한 도자기처럼 머금은 금빛. 속살은 순결한 베이지 톤으로…."

미라클은 오븐 앞을 떠나지 않았다. 도예가가 도자기 굽는 가마를 지키듯이.

소금의 꽃이라 불리는 게랑드 소금을 위로 살짝 뿌렸다. 발효 버터와 어우러지는 풍미가 일품이었다.

"후후후, 이 정도라면 조 회장의 마음을 사고도 남지. 자 미라클, 한국은 이제 너에게 너무 좁아. 이제 세계로 가자!"

....

두 번째 심사

두 번째 월요일 조 회장은 그 시간 그 자리에 다시 나타났다.

"자, 조 회장님. 미라클의 트뤼플 단팥빵에 놀랄 준비를 하시죠… 감탄사 장전하시고."

미라클은 회심의 미소를 지었다. 조 회장의 테이블로 걸어 들어가 자신 있게 두 번째 뚜껑을 열었다.

'자, 회장님 베리 나이스, 액설런트, 뭐… 이런 감탄사 아낌없이….'

미라클은 그만큼 자신감 있었다.

조 회장은 그 특유의 무표정함으로 금가루를 물끄러미 쳐다보더니 빵에다 코를 가져갔다.

심상치 않은 표정, 잠시 한숨을 쉬고 턱을 괴고 앉았다. 그리고 두 손으로 따끈한 빵을 잡고 한입에 베어 물었다.

'아 명작의 감동은 천천히 오는 법이지. 역시 눈으로 먼저 감사하고 드실 줄 아는 회장님….'

오물오물 씹던 그 한입이 꿀꺽 목구멍으로 넘어가는 소리가 들렸다.

침묵.

미라클의 동공이 흔들리기 시작했다. 뭔가 잘못되어가는 것이 직감적으로 느껴졌다. 조 회장은 눈을 감았다. 30초 전까지만 해도 자신감으로 넘쳐흐르던 미라클. 그도 덩달아 마른침을 꿀꺽 삼켰다. 맛있는 음식에는 무의식적으로 반응한다는 조 회장. 이 침묵이 길어지자 미라클은 느꼈다.

'설마… 이번에도. 이번에도 아니라는 것인가! 조 회장, 도대체 당신은 나에게 바라는 것이 무엇인가!'

....

자네에게 부족한 것

"미라클 군, 자네 잠시 앉아 보게."

조 회장은 평소에 미라클이라고 부르다가 무엇인가 심각한 이야기를 할 때만 '군'이란 호칭을 붙였다.

미라클은 후들거리는 다리를 겨우 붙잡고 그와 마주했다. 프랑스에서 수많은 제빵 올림픽에 나가고 세계적으로 유명한 명인들 앞에 섰지만 담력 하나로 버텨온 자신이었다. 대통령이 와도 유엔 사무총장이 와도 떨지 않을 자신이 있었다. 제빵 계의 강심장이라 불리는 미라클, 그런데 유독 키 작은 조 회장 앞에만 서면 온몸이 사시나무 떨듯 떨려왔다.

"미라클, 자네를 주목한 이유는 두 가지네. 하나는 빵을 만드는 기술. 점점 더 완벽에 가까워지고 있어, 자네의 빵은 이제 프랑스 파리에 내놓아도 절대 뒤지지 않을 거야. 완성도는 내가 보장하네. 두 번째는 비즈니스 수완. 동네 빵집 하나를 운영하던 자네를 걱정했지만 지금은 자신의 브랜드도 내놓고 베이커리 사업 규모도 꽤 키워 놓았지. 사업 규모가 커지고 생산량이 많아졌음에도 빵의 퀄리티 컨트롤까지 훌륭하게 해내었네."

그 말을 들은 미라클, 가슴에서 무엇인가 뜨거운 것이 울컥 올라왔다. 일절 칭찬을 하지 않는 조 회장. 그 사람의 이 한마디를 듣기 위해 자신의 하루 24시간을 모두 불태운 미라클이었다. 웬만큼 잘된다는 빵집이 휴무일에도 고집스럽게 문을 열었고 직원들이 일을 마치고 잠이 들 때 외국 서적을 들척이며 모르는 단어는 밤새도록 번역해가며 기술을 연마했다.

'이 세상 누구 알아주지 않더라도 조 회장, 이 한 사람만 알아준다면….'

그에게 인정받을 수 있다면 미라클은 자신이 노력해온 시간이 억울하지 않았다. 그런데 그런 조 회장이 '너에겐 무엇인가 부족해!'라는 말을 하려는 것이다.

"미라클 군, 그런데 자네에게는 무엇인가 하나 빠진 것이 있어. 그게 없으면 난 자네에게 더 이상 투자할 가치를 못 느끼네."

'아니, 이제껏 당신을 위해 모든 것을 헌신한 나에게 아직도 부족함

을 느끼다니. 이 완벽한 나에게 부족한 점이 있었는가.'

미라클은 억울, 실망, 분노, 좌절, 피로 이 모든 감정이 쓰나미처럼 몰려왔다. 그 하나가 미친 듯이 궁금했다.

"회장님 그 하나가 무엇입니까?"

"그건 누구도 자네에게 알려주지 못하네. 물론 나도 말이지. 그것을 알 수 있는 것은 자네뿐이야. 스스로 찾아내야 할 걸세. 그리고 그 답을 찾았다면 마지막 빵으로 알려주게. 자네가 시간을 허비한 탓에 이제 남은 시간은 단 일주일이야. 기회는 오직 한 번 남았네."

그렇게 말한 조 회장은 뚜벅뚜벅 베이커리를 나가버렸다.

"야- 야- 야- 여기 있다가 무슨 날벼락을 맞을지 몰라."

"또 '개셉'이 되겠군. 옆에 있으면 물릴라, 야- 야- 피하자, 피하자."

이 광경을 지켜보던 직원들도 웅성거리다 잽싸게 작업장으로 돌아갔다. 부셰프는 직원들을 작업 라인으로 돌려보내면서 내심 기분이 좋았다. 세상을 다 가진 듯 잘난 척하던 미라클이 제대로 한 방 먹은 것이다.

'의외로 미라클은 빨리 끝날 수 있겠는데.'

부셰프의 입에서 조용한 조소가 흘러나왔다. 그러면서도 한편 궁금해졌다.

'도대체 조 회장은 미라클에게 무얼 바라는 걸까. 그만하면 실력도 있고 '빽'도 있고 노력도 죽을 만큼 하는데… 그래도 부족하다니… 그럼, 재능도 별로고 노력도 뭐 그저 그런 나는 과연 가능한 것인가?'

부셰프는 언제부터인가 거울을 보며 미라클과 자신을 대조하는 버릇이 생겼다.

'뭐 이런 기회에 즐기는 것이지. 미라클이 얼마나 이 난관을 잘 풀어나가는지. 잘되면 뭐 나도 덩달아 잘나가게 될 것이고 안 되면 그 기회가 나에게 올지도 모르니까.'

부셰프는 이래도 그만 저래도 그만이었다. 콧노래를 부르며 작업장으로 돌아갔다.

이제 그 자리에 멍하니 남아 있는 사람은 미라클 뿐이었다. 눈앞이 하얗게 변했다. 두 발이 굳어버렸다. 온 세상에 밀가루가 쏟아져서 아무것도 존재하지 않는 듯했다. 그리고 그 가운데 자신만 혼자 서 있다. 바보처럼, 바보처럼.

"이 완벽한 미라클이 부족하다니. 이 완벽한 나에게 부족하다는 말을 하다니!"

미라클은 온몸이 부들부들 떨렸다. 자신을 여기까지 오게한 자존심이 조 회장의 한마디에 깡그리 무너졌다.

"난 결코 동네 아이들의 코 묻은 돈이나 바라는 빵집 주인으로 끝나지 않을 거야. 제빵 계의 세계적인 거장이 될 테니, 조 회장 두고 보십시오. 당신의 돈이나 지원 때문에 이러는 것은 아닙니다. 당신이 감히 나에게 실망이라는 말을 하다니요. 오늘 그 말씀이 실수라는 것을 증명할 테니, 두고 보십시오."

미라클의 두 눈이 이글이글 타올랐다.

안 되면 될 때까지 하는 미라클의 승부 근성이 다시 불타오르기 시작했다.

....

꿈속 힌트

화가 치밀었다. 팥빵 하나 제대로 못 만들어 조 회장에게 무시를 당하다니. 이 소문이 밖으로 퍼지면 업계에서 망신당할 것이 뻔했다. 안 그래도 미라클을 끌어내리기 위해 칼을 갈고 있는 이들이 많았다.

"부셉! 직원들 입단속 철저히 시켜, 만약 오늘 일을 밖에서 나불거리고 다니면 바로 해고야! 이제까지 받은 월급 열 배로 토해내게 한다고 써 붙여!"

"예, 셉!"

조용히 문을 닫고 돌아오는 부셰프는 입가에 비웃음이 가득했다.

'그렇게 잘난 척하고 큰소리치더니, 자식, 너도 어쩔 수 없구나.'

매번 미라클에게 무시 당하던 부셰프는 한편으로는 후련하기도 했다.

미라클은 빵을 만들다가도 화가 치밀었다. 밀던 반죽을 내동댕이치고 잡고 있던 롤링핀으로 밀가루 포대를 냅다 갈겼다.

"아!!! 뭐야. 그게 뭐야. 나에게 없는 것 당신이 바라는 게 도대체 뭐란 말이야!!!"

온몸이 밀가루로 가득 덮이는 줄도 몰랐다.

"야, 셉이 드디어 미쳤나봐."

"미친개한테 물리면 약도 없대. 피하자, 피하자."

직원들은 수군거리면서 미라클을 빙 둘러 돌아갔다.

직원들은 생산라인에서 제 할 일만 끝내고 눈치를 보면서 도망가듯 퇴근했고 부셰프는 매장 운영을 마무리하고 발효실에서 내일 구울 빵 반죽을 체크했다. 그리고 열쇠로 문을 잠그고 퇴근했다. 작업장은 난장판이 되어 있었다.

밤이 깊어지자 도시의 불빛이 하나둘 꺼지고 빌딩의 차가운 침묵만이 미라클을 뒤덮었다. 오직 그 밤에 불이 켜져 있는 곳은 미라클의 작업실뿐이었다. 혼자 울부짖던 미라클은 자기 분을 못 이기고 잠들었다. 작업장 위 흩뿌려진 밀가루 위에서.

뿌연 가로등 꿈속의 길을 걷는 5살 소년, 미라클. 집으로 들어서는 사거리에는 작은 빵집이 하나 있었다. 문을 열면 뽀얀 김이 창가에 서리고 가게 한편에는 키 작은 아저씨가 밀가루를 뒤집어쓰고 빵을 만들고 있었다. 쪽방에서 걸음이 힘든 할머니가 방안에 앉은 채 가게를 바라보고 있었고 그 품에는 어린 여자아이가 안겨 있었다. 미라클의 키를 훌쩍 넘는 쇼케이스. 저 건너편에서 환한 웃음의 빵집 아주머니가 맞아준다.

"우리 멋진 왕자님. 오늘도 아버지 심부름 왔구나."

마침 빵집 아저씨가 작업장에서 금방 쪄내어 김이 모락모락 나는 찐빵을 매장으로 가져왔다. 그러자 아주머니는 그 빵을 받아 쇼윈도 쪽 진열장 제일 하단 오른편에 가져다 두었다. 얇은 흰색 면포 안에는 갓 쪄낸 찐빵이 피라미드처럼 쌓여 김을 뿜고 있었다.

"안녕하세요! 할머니, 아주머니, 아저씨."

"아유 우리 왕자님, 인사성도 바르지. 여보, 아이참, 여보~ 손님이 인사하잖아요."

아주머니는 아저씨의 옷깃을 잡아끌었다. 작업장으로 들어가던 아저씨는 멋쩍은 듯 돌아섰다.

"응응, 그래… 그래."

아저씨는 쑥스러운 미소를 짓더니 다시 허둥지둥 작업장으로 돌아갔다.

"저 아저씨가 귀가 잘 안 들린단다."

아주머니는 자신의 한 손으로는 귀를 가리키고 왼쪽 눈을 찡긋거리며 미라클을 바라봤다. 할머니가 들으면 안 된다는 듯이 미라클과 아주머니 둘의 비밀 이야기를 하듯이.

“자 우리 왕자님 오늘도 찐빵 사러 오셨을까요?”

“네 아주머니, 천 원어치만 주세요.”

미라클은 아버지가 넣어주신 천 원짜리 한 장, 꼬깃꼬깃 접힌 지폐 한 장을 주머니에서 빼 쑥 내밀었다.

“네 왕자님 분부대로 하지요.”

명랑한 아주머니는 진열대로 다가가 흰색 면포를 걷어내었다. 금방 쪄낸 찐빵이 탐스럽게 그 뽀얀 살을 드러냈다. 아주머니는 찐빵 다섯 개씩 줄을 맞추어 아래 한 단에 열 개 위 단에 열 개 포개어 얇은 비닐에 싼 후 흰색 마분지에 돌돌 말아 빵 봉투에 넣어 주었다.

“옜다, 이거 하나 가면서 먹어라.”

방안에 계시던 할머니는 미리 준비해 두었는지 따로 빼둔 찐빵을 얼른 하나 내어주었다.

“감사합니다. 할머니, 아주머니. 참, 아저씨도요, 안녕히 계세요.”

미라클은 꾸벅, 배꼽 인사를 하고 빵집을 나섰다. 빵집 문에 달린 종소리에서 땡그랑 땡그랑 소리가 곱다.

해가 저무는 골목길.

키가 작은 아이 미라클은 행여 빵 봉지가 땅에 끌릴까, 팔을 접어 올려 걸었다. 그리고 또 한 손에 가득히 들어오는 찐빵 하나.

“너를 그냥 들고 갈 수가 없어.”

미라클은 잠시 가로등 밑에 걸터앉았다. 어린 미라클은 빵 봉지를 옆에 두고 두 손에 몽실몽실 들어오는 찐빵을 감싸 안았다.

“보드랍고 촉촉해.”

미라클은 두 손으로 찐빵을 쪼갰다. 몰려오는 팥 향기….

‘와 두근두근. 빨리 한입 먹어야지.’

앙, 하고 깨무는 순간 가로등이 펑, 하고 터지면서 미라클 머리 위로 떨어졌다.

“아 안 돼! 안 돼!!!”

미라클이 몸서리를 치는데 눈을 떠 보니 작업장, 사방이 밀가루로 난장판이 된 작업장이다.

“꿈이었구나….”

....

어린 시절 빵집의 기억

"아! 그 맛."

미라클은 거대한 롤링핀으로 머리를 맞은 기분이었다.

'내가 그 잘난 일류대학을 때려치우고 제빵의 길로 가게 된 이유도 그 빵 때문이었어. 학교에서 집으로 돌아오는 길 어린 시절 나는 매일 기도했지.'

"입에 넣으면 살살 녹고 진하고 달콤한 팥이 듬뿍 든 그 찐빵을 매일 먹게 해주세요. 내일 찐빵을 먹을 수 있다면 오늘 하루 종일 화장실 청소를 해도 상관없어요."

어른이 된 미라클, 추억을 되새기는 입에도 침이 고였다.

"그 빵집 이름이 뭐였더라…."

꿈에서 보일 듯 말 듯 그 간판이 보이지 않았다.

"아… 뭐였더라. 아… 리…."

미라클은 눈을 감았다. 그리고 어린 시절의 앨범을 펼쳐보듯 그 빵집의 장면을 그리려 애썼다. 사거리 작은 빵집, 통유리창, 그 위로 걸린 직사각형의 간판…. 그러자 길목에 불이 들어오듯 기억의 길목에 가로등이 반짝하고 켜졌다.

"아 맞다. 아리랑 제과점!"

"아리랑… 뭐가 이렇게 촌스러워. 아리랑 제과점, 아리랑 아리랑."

미라클은 혼자 투덜거리며 그 이름을 불러보고 있었다. 그리고 다시 마음 속으로 간절한 기도를 시작했다.

"그곳을 찾아가야 해. 그 빵을 다시 만나야 해. 아리랑 제과점이 아직 남아 있을까. 그 빵만이 나에게 해답을 알려줄 수 있어."

미라클은 바로 노트북을 열고 검색창을 뚫어지게 보며 폭풍 검색을 시작했다. 네이버, 다음을 찾다가 구글 위성 지도까지 모두 동원했다. 페이스북, 인스타그램에서 검색어도 모두 넣어보았다.

"없다!"

아무런 자취도 없었다. 정선아리랑, 밀양아리랑, 진도아리랑.

"아니 이런 아리랑 말고!!!"

아리랑 정육점, 아리랑 제육볶음, 아리랑 갈빗집, 아리랑 분식, 아리랑 떡집, 아리랑 이발소, 아리랑 목욕탕 등이 쏟아져 나오는네 목타게

찾는 아리랑 제과점은 눈을 씻고 찾아봐도 없었다.

미라클은 그렇게 뜬눈으로 컴퓨터와 씨름을 했다. 창밖으로 해가 떠오르자 도시에는 또 다른 새벽이 찾아왔다. 미라클은 기다렸다는 듯이 고향 집으로 전화를 걸었다.

따르릉. 따르릉.

아직 핸드폰을 가지고 다니지 않는 어머니. 어머니와 통화하려면 아침 일찍 집 전화를 걸어야 했다.

"어머니."

"응 우리 아들. 새벽에 무슨 일이냐?"

어머니는 소식이 뜸하다가 전화를 걸어온 아들이 걱정스러웠다. 그것도 이른 새벽에.

"엄마, 엄마. 혹시 거기 기억나? 거기 말이야."

미라클은 아직 엄마라는 호칭이 더 자연스러웠다. 어머니는 유일하게 자신의 어리광을 받아주는 사람이었다.

"무슨 자다가 봉창 두드리는 소리야, 거기 어디? 차근차근 말해봐."

"아 거기 있잖아요. 거기, 우리 동네에 있었던 빵집."

"빵집이 한두 개야. 사라빵집? 독일제과? 중앙양과?"

미라클의 어머니도 기억이 가물가물했다. 워낙 오래전의 일이었다.

"아니 아니요, 왜 골목 사거리에 있던, 아버지 거기 찐빵 무지 좋아하셨잖아요."

"아. 거기… 이름이 뭐였더라…."

"아리랑 제과점요"

"아 거기! 맞다. 아리랑 제과점 거긴 왜?"

"아직 있어요?"

"거기 문 닫은 지 오래됐지. 너 서울 올라가고 우리 이사 간 후 2~3년 되었나… 망했다더라고. 한동안 그 집 소문이 떠들썩했어."

"망했다고요? 왜? 어떤 소문?"

미라클은 마지막 남은 불씨가 다시 꺼지는 듯했다.

"그 싹싹한 여주인 기억나니? 그 여주인 자살하고 시어머니는 화병으로 돌아가시고, 왜 거기 귀머거리 제빵사 있지? 그 제빵사만 어린 딸 데리고 행방불명되었다던데."

"행방불명? 그럼 혹시 다른 곳에서 열지 않았을까요?"

"뭐… 그야 그럴지도 모르지. 그 딸 키우려면 돈이 필요하고 그 집 빵 맛이야 일본까지 소문날 정도였으니. 그런데 갑자기 거긴 왜?"

"아녜요, 엄마. 혹시 아버지는 아실지 모르니 이따 저녁때 퇴근하시면 꼭 여쭤봐 주세요. 이모님께도 여쭤보시고요. 혹시 거기 소식 들으시거든 꼭 제게 연락해 주셔야 해요. 꼭이요, 꼭!!!"

"안 그래도 요새 네 아버지가 노망이 났는지 저세상에 갈 때가 되었는지 거기 찐빵 먹고 싶다고 먹고 싶다고 앙탈을 부리더만. 너까지 새벽에 웬 난리야. 누가 그 아버지에 그 아들 아니랄까 봐. 아휴 이 쌍으로 진상들. 끊어."

말수가 없고 무뚝뚝한 남자. 도무지 칭찬을 모르는 아버지.

미라클이 공부를 잘해서 성적표를 가져오는 날. 수학 100점, 국어 100점, 과학 100점, 체육 95점.

은근히 아버지의 칭찬을 기다리는 미라클에게 "체육이 이게 뭐냐. 체육 때문에 평균이 내려가잖아. 못난 놈."

전국 수학경시대회 우수상.

"최우수상 탄 애는 어떻게 공부하는지 알아봐."

미라클은 아버지에게 평생 칭찬이라는 것을 받지 못하고 자랐다.

"이 정도면 잘한 거지. 아들 칭찬 한번 해주는 게 무슨 돈 백만 원, 천만 원 드는 것도 아니고."

그 옆에서 어머니만 아들의 기를 살려 주느라 애썼다.

삼시 세끼 밥, 국밖에 모르고 군것질이라고는 하지 않던 한 남자, 아버지였다. 그런데 미라클이 찐빵 심부름을 하는 날이 "우리 아들 참 착하지. 고맙다" 하며 유일하게 칭찬을 듣는 날이었다.

'아버지가 나에게 칭찬을! 아 내일도 듣고 싶어.'

"엄마 이제부터 찐빵은 꼭 제가 사러 갈게요."

미라클의 아버지는 밥 먹는 것도 잊고 찐빵 열 개를 그 자리에 앉아서 숭덩숭덩 입으로 넘겼다. 아버지의 웃는 모습이 미라클도 그렇게 좋을 수 없었다. 그때만큼은 양반다리를 한 아버지 다리 위에 앉아 작은 양반다리를 하고 아버지 품에 안겨 미라클도 찐빵을 숭덩숭덩 입에 넣었다.

"아휴 아들한테 좋은 것 가르키슈. 이따 저녁 드셔야죠. 아휴, 죽어서 찐빵 귀신이 될는지. 얘, 얘 목 막힐라. 천천히 뜯어먹어야지!"

어머니의 잔소리에도 부자는 찐빵 모양으로 앉아 찐빵같이 웃으며 찐빵 천 원어치를 금세 먹어 치웠다.

그 후 30년이 지났다. 미라클이 아버지의 생신 기념으로 손수 케이크를 만들어 갔다. 아무리 프랑스 최고의 재료를 쓰고 디저트를 만들어 내놓아도 숟가락으로 툭툭 건드리다가 한입 드시고는 "아… 달다." 한마디 하고 나가시는 것이 아닌가. 그 무뚝뚝한 남자도 30년 동안 그립게 만든 빵. 평생 국밥에 김치만 먹고 살던 사람에게도 빵의 행복감을 안겨준 맛. 꼬마였던 나도 모든 것을 잊고 먹도록 행복하게 만든 빵.

"그래 책이 아니었어. 빅데이터가 아니었어. 그 빵 안에, 내 기억 속에, 내가 모르는, 내가 찾아야 하는, 그 무언가가 있을지도 몰라."

미라클은 가슴 뜨거운 갈증을 느꼈다.

....

케이크를 좋아하는 목장 어른

미라클은 한동안 그렇게 멍하니 덩그러니 서 있었다. 미라클이 한곳에 몰입할 때 나오는 버릇이었다. 아직 어둠이 가시지 않은 새벽 녘. 매장에서 인기척이 들렸다. 매장 쇼케이스에 남은 디저트가 하나하나 사라지고 귀신처럼 나타나 케이크를 꿀떡꿀떡 한입에 넘기고 있는 사나이. 바로 목장 어른이다.

오직 한길만 고집하며 우리나라에서 손꼽는 규모의 청정 유기농 목장을 키워낸 소유주. 지금은 유기농 목장 우유뿐만 아니라 유기농 발효 버터, 유기농 발효 자연 치즈, 유기농 요거트 등으로 제품군을 넓혀 낙농업계의 거부가 되어가는 사람이다. 한국 유제품 시장의 산 역사이자 젊은 귀농인들의 멘토 1순위. 제빵 업계에서 유명 베이커리 치고 그의 제품을 쓰지 않는 곳은 없었다.

목장 어른이 만든 유제품은 관리가 까다롭고 신선한 만큼 생산 수량이 제한적이다. 그렇다고 독과점으로 제품 가격을 올려 베이커리들을 휘두르려 하지 않았다. 그 대신 납품업체를 까다롭게 선정한다. 건강한 빵을 만드는지, 기술력은 성숙한지, 음식에 대한 애정과 책임감은 있는지. 그 기준에서 선정된 업체에게 무한한 신뢰로 제품을 납품하는 것이 목장 어른의 철칙이었다. 그래서 목장 어른의 리스트에 들고 싶어 하는 베이커리가 줄을 죽 늘어설 정도였다.

미라클 베이커리도 목장 어른의 유제품이 있었기에 사시사철 안정되게 고급스러운 빵 맛을 유지할 수 있었다. 이렇게 새벽에 슬그머니 나타나 남은 디저트를 귀신도 모르게 꿀떡꿀떡 해치우는 바람에 직원들은 어르신을 '꿀떡 신'이라 불렀다.

그날도 목장에서처럼 흰 셔츠에 터질 듯한 멜빵 바지를 입고 나타났다. 미라클에게 맛보여줄 목장의 풀잎 이슬 가득한 새로운 생크림과 버터, 치즈, 우유를 한 트럭 싣고서. 목장 어르신도 수많은 거래처 중에 가장 중요시하고 아끼는 사람이 바로 미라클이었다. 생크림 파동이나 버터 파동이 일어났을 때도 가장 먼저 챙겨줘 미라클 베이커리는 아무 문제 없이 그 위기를 넘길 수 있었다.

새벽 여명이 들어찬 베이커리에 찾아온 목장 어른.

"하루 지난 케이크를 파는 것은 양심을 파먹는 일이지. 암, 그렇고 말고."

남은 케이크를 꿀떡꿀떡 먹으며 천진난만한 미소를 지었다. 그리고 저편 혼자서 덩그러니 있다가 컴퓨터를 성난 베토벤처럼 두드리는 미라클을 물끄러미 쳐다보았다.

"녀석 또 시작이군."

미라클은 자식보다 애정이 가는 사람이었다. 귀신이 공간 이동하듯 스르륵 미라클에게 다가갔다. 미라클의 뒤통수를 탁, 하고 쳤다.

"에라 이 녀석, 어른이 오시면 나와서 배꼽 인사를 해야지."

"아이고 깜짝이야. 아 오시면 오셨다고 인기척이라고 하셔야죠. 사람 놀라게 하는데 뭐 있으시다니까."

목장 어른은 실실 웃음을 흘렸다.

"녀석, 이번에 나온 산딸기 무스 케이크 왜 이렇게 맛있냐. 성깔머리는 고약하지만 디저트 하나는 잘 만드니 내가 이뻐할 수밖에."

목장 어른은 무스 크림이 묻은 입술로 손자의 뺨에 그러하듯이 미라클에게 뽀뽀 세례를 퍼부었다.

"아휴 어르신 이제 저도 다 컸다니까요…."

그러다가 목장 어른은 미라클의 이마에 붙은 포스트잇을 떼어 천천히 읽어 내려갔다.

"아리랑 제과점… 후훗."

목장 어른은 무언가 떠오르는 듯이 조용히 웃음을 지었다. 미라클은 문득 목장 어른 고향이 자신과 같다는 것을 깨달았다.

"아저씨, 혹시 옛날 저희 집 사거리에 있던 빵집 기억하세요? 이름이 아리랑 제과점이라고."

'내가 어렸을 때부터 우유 목장을 한 사람. 목장 어르신께 실마리를 찾을 수 있을지도 모른다.'

미라클은 모든 것이 다 떠내려간 홍수 속에서 두둥실 떠오른 뗏목을 발견한 기분이었다.

"음… 아~리랑… 아리~랑."

그러면서 슈크림 한 덩이를 꿀떡 넘긴다.

"아저씨 아유 그만 좀 드세요."

"예끼 이 녀석! 이게 아까우냐, 아까워? 까까머리 코흘리개 너를 이렇게 키워준 사람이 누군데. 너 내가 없었다면 뭐 베이커? 파티시에 이런 거 꿈도 못 꾸었을 거 아냐 모르냐?"

목장 어른은 미라클 아버지의 오랜 친구다. 집안 대대로 큰 토지를 소유하고 목장 일을 하고 있었다. 덕분에 어린 미라클의 집에는 신선한 목장 우유가 끊일 날이 없었다. 미라클이 잘 다니던 대학을 포기하고 프랑스 제빵 유학을 하러 가겠다고 선포했을 때에도 유일하게 그의 편을 들어준 사람이 바로 이 목장 어른이었다.

"애써 대학에 보내놨더니 뭐가 어쩌고 저째? 고작 빵 장사나 하겠다고?"

프랑스로 유학하러 가겠다고 아버지를 찾아온 날. 아버지는 노발대발하며 일체 말을 들으려 하지 않았다.

"빵 장사가 아니고 베이커요 베이커. 공부로는 미래가 없어요, 아버지. 빵으로 세계 제일의 베이커가 될 거예요."

"베이커고 바이킹이고 간에 아무리 잘 돼봤자 빵 장사가 빵 장사지. 입 다물고 조용히 다니던 학교나 졸업해. 거기만 졸업하면 대기업에 입사하는 것은 아버지가 힘써볼 테니."

미라클은 그대로 물러날 수 없었다.

"아버지 저 그래도."

"아니 이 자식이 그래도 정신을 못 차리고."

아버지는 옆에 있던 골프채를 들고 아들을 때릴 기세였다.

"아휴 여보 참아요, 참아, 얘 알았으니까 빨리 서울로 가거라. 이야기는 나중에 하고."

분에 겨워 씩씩거리는 아버지를 슬슬 달랠 수 있던 유일한 사람이 바로 목장 어른이었다.

"그거야 우리처럼 배 곪던 구시대적 이야기고. 이 아이 시대에는 빵쟁이가 얼마나 근사한 직업인데. 낙농업 시찰 간다고 유럽에 갔는데 프랑스에서 가장 영향력 있는 사람이 셰프와 베이커더군. 엘리제궁에 바게트를 납품하는 사람은 전 세계에 자기의 이름을 건 매장을 열기도 한다네. 프랑스에서는 명인들을 뽑아 백작 칭호까지 붙여준다는군."

"백작은 무슨 얼어 죽을 놈의 백작. 프랑스나 가서 백작을 찾지 이 대한민국에 백작이 어디 있어? 평생 밀가루 포대 속에서 살다가 성수꼴이나 나지."

그때 미라클은 그 말이 무슨 의미인지 몰랐다.

미라클이 서울로 돌아온 후에도 목장 어르신은 아버지를 몇 차례 찾아가 미라클의 진로에 대해서 설득해 주었다. 미라클에게는 일당백의 지원군이었다.

"얘야 빨리 프랑스 행 비행기 티켓 끊거라. 느이 아버지 지친 눈치다."

결국 아버지가 승낙했다는 최후의 통첩도 목장 어르신의 전화로부터 받았다.

"아휴 아저씨 인제 그만 좀 드세요."

"이놈 봐라. 이게, 이게 돈맛을 좀 보더니 빵 한 조각도 아까워 벌벌 떠네."

"그게 아니라 아저씨 지금 당뇨에 고지혈증에 혈압약까지 드시잖아요. 아주머님께 아저씨 케이크 절대로 드리지 말라고 신신당부하셨어요. 저 무지 혼났단 말이에요."

"그놈의 할망구, 지나 백 년 만년 벽에 똥칠하며 오래 살 것이지. 예쁜 아가씨도 쳐다보지 마라, 이 맛난 케이크도 먹지 말아라. 그럼 무슨 재미로 세상을 살라고."

"아저씨도 참."

"난 이거 먹다가 꼴깍 이 자리에서 죽어도 여한이 없어. 아마 염라대왕이 왜 왔소, 그러면 우리 미라클이 만든 케이크 자랑 먼저 할걸. 그럼 누가 아냐. 고 맛나다는 케이크 하나 내 앞에 가져다 놓거라 하고 이승에 다시 내려보내줄지. 넌 고따위 할망구 말에나 신경 쓰지 말고 염라대왕님도 미쳐 춤추게 할 궁극의 빵이나 만들 생각이나 하거라."

‘궁극의 빵.’

미라클은 잠시 잊었던 과제가 생각났다.

‘목장 어른은 알고 계실지도 몰라.’

“아저씨 혹시 그 사거리 아리랑 제과점 기억하세요?”

“아리랑 제과…? 뭐… 내가 거래하는 데가 하도 많아서….”

곰곰이 생각하면서도 딴청을 부리는 눈치. 목장 어른은 머뭇거렸다. 그 표정에는 슬픔과 기쁨이 번갈아 가며 만감이 교차하는 듯했다.

“아저씨, 제발 한번 잘 생각해보세요… 제발….”

미라클은 금방이라도 울음을 터트릴 것 같은 눈이 됐다. 미라클의 눈망울에 어르신의 마음이 흔들렸다. 순간, 결심한듯이 이야기를 꺼냈다.

“귀머거리 성수가 빵 만들던 거기….”

“앗! 아시죠? 맞아요. 귀가 잘 안 들리던 아저씨. 역시 어르신 기억하시는군요. 혹시 그 빵집 지금도 있어요?”

“거긴 왜 묻냐?”

웬만하면 그곳의 행방을 숨기던 참이었다.

“아저씨 빨리 말씀해 주세요. 어서요, 어서요.”

미라클은 미친 사람처럼 아저씨의 멜빵을 잡아 흔들었다.

‘그래 다른 사람에게는 숨겨도 이 아이에게는 알려주어도 되겠지….’

목장 어른은 한참을 망설이다가 결심하였다.

“그게 말이지….”

그 빵집이 살아 있다니

"너 서울로 올라간 후 그 빵집이 망했다는 소식 들었냐?"

"네 아저씨. 그때는 잊고 있다가 며칠 전 어머니 통해서 들었어요."

"그 이야기로 얼마나 동네가 들썩였는지. 성수가 행방불명되고 몇 년이 지나서야 잠잠해졌어."

"그럼 아저씨 이제 그 빵집이 사라진 거예요? 이제 그 빵 맛을 볼 수 없는 거예요? 네버?"

"음…."

아저씨는 잠시 숨을 고르고 조심스럽게 이야기를 이어갔다.

"성수에게 예쁘고 야무진 딸이 하나 있었어. 그 딸이 지금 시골에서 빵을 굽긴 하지. 어제도 거기 우유랑 버터랑 생크림 넣어주고 오는 길이다. 어휴, 그 아이는 빵이 원수 같지도 않은지… 지 부모 다 잡아먹고 자기를 고아로 만든 것이 빵인데도… 뭐가 그리 좋다고 여태껏 해내는지. 그것도 팔자지 팔자."

미라클은 눈이 번쩍 뜨였다.

'아! 살아 있다. 아직 살아 있어. 희망이 있어! 아리랑! 아리랑!'

"아저씨 주소! 주소 좀 주세요."

미라클은 다시 정신이 나간 사람처럼 목장 어른의 멱살을 잡고 마구 흔들어댔다.

"어이쿠, 이 녀석 케이크 몇 개 집어먹었다고 사람 잡네."

목장 어른은 주춤거리다가 주머니에서 거래처 수첩을 꺼내어 휘리릭 휘리릭 몇 번을 넘겼다. 그리고 한 페이지를 주욱 찢어 미라클에게 건넸다.

[제주도 서귀포시 무릉리 산골 17번지]

"남들에게 알려서는 절대 안 된다. 여긴 너만 알고 있어야 해. 산골이 워낙 깊어서 내비에도 안 찍히는 곳이지. 우리 목장 중에서도 가장 첩첩산중 골짜기에 자리해 있어. 핸드폰 인터넷도 안 되니. 가다 막히면 물어물어 가야 할 거야."

목장 어르신은 누구에게도 알리지 말라고 단단히 약속한 후에야 되돌아갔다.

그날 가장 먼저 출근한 부셰프. 늘 자신보다 먼저 출근해 있는 미라클에게 오늘 작업 보고를 하러 방문을 두드렸다.

'어? 어제 그렇게 난리를 치더니 쇼크받았나? 오늘 출근을 못 하나…?'

부셰프는 미라클 책상에 있는 메모 한 장을 발견했다.

[일주일 동안 다녀올 데가 있어. 혹시 연락이 안 되어도 알아서 잘할 것.]

미라클이 떠난 날 베이커리가 술렁거렸다. 집안 경조사가 있어도 친동생이 결혼식 날이어도 베이커리를 비우지 않던 그였다.

"가장 바쁜 시즌에 자리를 비울 게 뭐야. 또 불쑥 나타나서 빵이 이게 뭐냐, 주방은 왜 이렇게 더럽냐 하면서 지랄 지랄을 하겠지."

부셰프는 투덜투덜 미라클을 욕하며 미라클의 방을 나갔다. 속속들이 출근하는 직원들에게 오늘 나올 빵에 대해 문제가 없도록 지시했다. 미라클의 수행비서는 일주일 동안 잡힌 미라클의 방송 일정을 병원에 가 있다는 핑계를 대며 취소하기에 바빴다.

그 시간, 아침부터 공항으로 달린 미라클은 무작정 첫 비행기를 잡아탔다. 백팩에는 가장 기본적인 베이킹 도구와 빵 재료들만 골라 담았다. 공항에 내리자마자 렌터카 센터에 들러 SUV 한 대를 빌렸다. 그리고 전속력으로 달렸다. 미라클의 머릿속에는 오로지 하나의 표지판만 맴돌았다.

'아리랑 제과점, 아리랑 제과점.'

2부

2017년 깡촌 무릉리 아리랑 제과점

....

깡촌 무릉리 사람들

쏴아- 쏴아. 파도가 부서지는 바닷가. 앞으로는 에메랄드빛 바다가 넘실거리고 뒤로는 둥그스름한 오름이 마을을 병풍처럼 감싸고 도는 무릉리. 예로부터 신선이 사는 동네라 하여 무릉도원의 무릉이라는 이름이 붙여진 곳이다. 워낙 첩첩산중인지라 인적은 드물지만, 토박이 10여 가구가 옹기종기 모여 살고 있었다.

콩과 팥 농사를 짓는 콩팥 할매, 양배추와 감자, 당근을 키우는 양배추 총각, 매일 코가 빨개져 노래를 흥얼거리는 낙천적인 양조장 할배. 목장 어른의 청정 농장도 이곳에 자리했다. 목장 어른은 시가지에도 집이 있었는데 몇 년 전 정리하여 이곳으로 들어왔다. 건강검진을 받은 후 물 좋고 공기 맑은 곳에 살라는 주치의의 권유였다.

외지에서 온 사람이라면 딱 한 명 커피 돌싱. 전직 잘나가던 예능국 스타 피디. 그는 시청률 제조기였다. 손만 대면 예능이건 드라마건 동 시간대 시청률 1등. 그의 프로그램에 출연하면 신인도 대스타로 히트, 천국의 엘리베이터를 탄 격이니 그야말로 연예인들의 우상이자 스타였다.

화려해 보이는 방송국의 일상. 그 이면에서 그는 매일 시청률 압박에 시달리며 살았다. 잠 한숨 편안히 들지 못했으며 결국은 공황장애가 찾아왔다. 술만 마시면 사람에게 폭력을 행사하기 시작했다. 어느 하루는 술 마신 후 부인의 뺨을 때려 고소 직전까지 갔다가 겨우 합의에 이르렀다. 그러나 이혼은 피할 수 없었다. 루머가 빠른 방송계라 피디의 폭력 행위와 이혼 소식은 5G LTE 속도로 온 나라에 퍼졌다. 그의 간판 프로그램은 모두 중단되었고, 대인기피증이 생겼으며 부인은 아이를 데리고 미국으로 떠나버렸다.

"사람이 없는 곳으로 인적이 끊긴 곳으로 가자."

가족을 잃자 모든 것이 허상과 같았다. 입고 있는 옷마저 무거웠다. 돈과 명예에 대한 욕망을 잊어버렸다. 그는 모든 것을 내려놓고 수소문하여 떠나왔다. 사람이 없는 곳, 지도에 없는 곳, 다시 돌아올 길이 없는 곳, 인적이 드문 곳… 무릉리로.

무릉리에 온 후 자연바람을 맞으며 그는 점차 회복되어갔다. 천성인 명랑함을 되찾았고 자신이 좋아하는 커피와 책을 벗 삼아 하루를 즐기며 보냈다. 휴직하던 방송국에 사표를 내고 퇴직금을 받았다. 일부는 미국에 있는 전 부인에게 보내고 남은 돈으로 무릉리의 허물어져 가는 폐가를 구입했다.

특유의 감각으로 셀프 인테리어를 하여 멋스러운 게스트하우스로 탈바꿈시켰다. 그리고 자신이 가장 좋아하는 한 가지 커피를 하기로 했다. 1층은 핸드드립 카페를 열고 나머지는 아주 간혹 찾아오는 이방인들에게 방을 내어줬다. 몇 년 전 자신처럼, 도시에서 뺨 맞고 피 흘리는 양들에게 하루쯤은 침대를 내주고 싶었다. 게스트하우스라고 해도 거창할 것이 없었다. 2층 손님 방 하나 빼곤 서재, 음악실, 커피 바, 바다가 내다보이는 창문 모두 주인을 위한 곳. 이곳은 워낙 이방인이 드문 곳이기에.

천성이 한적한 무릉리 사람들이 자신의 삶을 살다가 사랑방처럼 모여드는 곳이 있으니 작은 빵집이었다. 파도 소리가 들리는 돌담. 돌담을 돌아 정낭이 걸린 문으로 들어오면 너른 마당이 펼쳐진다. 거기에는 커다란 가마와 솥이 하나 걸려 있고 좌측은 작은 창고 겸 화덕, 우측에는 예쁜 통나무집에 아기자기한 빵집이 마련되어 있다.

그 사이를 분주하게 왔다 갔다 하며 빵을 만드는 아가씨, 아리랑의 눈빛은 은빛 바다처럼 빤짝거렸고 미소는 산들바람처럼 상쾌하였다. 산새들도 아리랑의 어깨에 내려와 쉬어갔고 아리랑은 빵가루를 손에 올려 어깨에 내려앉은 새에게 갓 구운 빵 맛을 보여주었다. 뒷마당에는 청귤이 익어가고 앞마당에는 봉숭아와 사루비아 꽃이 활짝 피어 윙윙 벌과 나비를 부르고 있었다.

콩팥 할매가 부르는 소보로 소나타

작은 체구에 허리가 살짝 굽어 강낭콩같이 생긴 콩팥 할매. 수확한 팥을 마당에 널어 햇살에 말린 후 땀을 닦는다.

"음 이제 티 타임이네."

해가 슬그머니 기울어지고 자신의 그림자가 자신의 키보다 커지는 즈음이면 할매는 오후 3시가 되어 감을 느낀다. 자신의 그림자를 시계로 삼고 살아온 삶이었다. 방으로 들어가 땀으로 젖은 몸빼 바지와 먼지 범벅에 목 늘어진 셔츠를 벗어 던졌다. 얼굴엔 빨간 립스틱을 칠하고 옷장에서 가장 예쁜 꽃무늬 블라우스를 꺼내 입었다.

"아이고 내 정신 좀 봐. 깜빡깜빡한다니까. 그거 가져다줘야지."

할매는 살랑살랑 밖을 나가다가 집 마당으로 다시 돌아가 잘 말려둔 알이 토실토실한 팥을 한 소쿠리 듬뿍 담아 머리에 이고 집을 나섰다. 빵집에 도착한 콩팥 할매는 큰 소리로 불렀다.

"얘야~ 리랑아."

"할머니, 아유 티 타임에는 곱게 오시지. 이런 예쁜 블라우스를 입으시고 머리에 이고 오시면 어떡해요."

"옜다. 올해는 해가 얌전해서 팥 농사가 풍년이야. 알갱이들이 니 빰처럼 토실토실하구나."

"할머니네 팥만 보면 심장이 콩닥콩닥 뛰어요."

리랑이는 팥을 받아 들고 팔짝팔짝 뛰었다.

"크크 그럴 때는 꼭 지아비를 빼닮아선…."

"할머니 오늘 소보로빵 백배나 맛나게 구워드릴게요. 어여 앉으세요."

콩팥 할매는 창가 볕이 가장 잘 드는 곳에 앉았다.

벽에 걸린 스피커에서는 비틀스의 <예스터데이>가 흘러나왔다. 콩팥 할매는 지긋이 눈을 감고 꿈 많던 단발머리 여고생 시절로 되돌아갔다.

리랑이는 먹을 사람이 오면 빵을 굽는다. 물론 그 이전에 온 반죽과 숙성을 마무리하고. 리랑이는 정성을 다해 준비한 반죽을 화덕에 올렸다. 오후의 화덕 불은 소보로빵을 굽기에 뜨겁지도 여리지도 않다.

할머니가 오시기 1시간 전 소보로빵은 스타트.

버터를 살게 부수고 땅콩으로 비스킷을 만들어 놓는다. 반죽은 성형하여 2차 숙성까지 마무리한 상태. 화덕에서 소보록하게 스프링 되는 소보로빵. 빵의 표면이 저녁노을처럼 그을었다. 타들어가듯 구워지는 땅콩과 버터의 고소한 향이 오후의 햇살과 어우러져 비틀스의 선율로 녹아 들어갔다.

"소보로빵은 갓 구웠을 때 가장 맛있지. 이름하여 갓빵! 화덕신이 허락하는 가장 맛있는 타이밍에 할머니께 내어 드려야 해."

만개한 국화처럼 부풀어 오른 소보로빵을 꽃무늬 접시에 올려 할머니 앞으로 가져갔다.

따끈따끈한 소보로빵을 받아들고 얼굴로 가져가는 콩팔 할매.

"아… 향이 참말로 꼬숩구나…."

두 손으로 반을 가르니 은은한 김 사이로 포실한 빵 살이 드러났다. 가미하지 않은 순백색의 빵 살이 담백했다. 할매는 한 조각을 떼어 입에 오물오물 씹었다. 이가 많이 빠져 다른 음식은 편히 못 먹는 요즘 유일하게 입맛을 되찾아 주는 것이 바로 리랑이의 소보로빵이었다. 입으로 천천히 녹여 먹다가 리랑이가 가져다준 풀빛 햇녹차 한 모금을 곁들였다.

"아 첫사랑 국어 선생님을 떠올리게 하는 맛이야. 단발머리 여고 시절 교실의 창을 응시하며 시를 읊어주시던 총각 선생님. 그 목소리가 이 땅콩만큼 고소하고 버터만큼 향기로웠지. 속삭이듯 바삭거리는 소리가 선생님의 목소리를 떠올리게 해…."

할머니는 빵 한 조각에 한 발짝, 차 한 모금에 한 발짝, 꿈 많던 여고 시절로 걸어 들어갔다.

"또오~ 또또또…. 다 늙은 할망탱구가 또 사춘기적 생각한다. 거 이쁘장하게 생긴 할망구가 웬 곰보빵을 그리 먹어?"

그 시간 약속처럼 등장하는 한 사내, 양조장 할배.

"이 망할 놈의 할배가 분위기 깨고 난리야. 이게 왜 곰보빵이야 소보로라고, 소보로. 따라 해봐요. 소!보!로!"

"소보로는 무슨 망할 놈의 소보로. 거, 곰보같이 생겼으니 딱 곰보빵이지. 시집갔던 영감이 곰보딱지였나 뭐가 그리 좋다고 곰보빵에 목숨을 걸어. 그리고 이거, 이거 딴 빵 만들다가 털어져 남은 부스러기 아냐. 떨거지들 덕지덕지 붙여 만드는 걸 뭐 그리 좋다고 먹어대나."

할배는 슬쩍 말을 붙이는 척 엉덩이를 쓱 밀며 콩팥 할매의 테이블에 등으로 마주 앉았다.

"아유 할아버지 이거 부스러기로 만드는 거 아네요. 할머니가 가져다주시는 햇땅콩 곱게 갈고 좋은 버터를 버무려 구워내는 거예요."

양조장 할배 크림빵을 사랑해

그 시간이면 삐걱, 하며 문을 열고 들어오는 무법자가 있었으니. 양조장 할배다. 양조장 할배는 무릉리를 대표하는 시간 부자 홍 부자였다. 할배 말에 의하면 "술은 자고로 신의 눈물!! 신이 흘리는 눈물만 받으면 되는 기야. 뭘 안다고 또 뭘 한다고 까불긴 까불어! 그저 인간은 신 앞에서 겸손~하게 기다림만 배우면 되는 것이야."

양조장 할배의 달력에는 마을 사람들의 경조사에 모두 동그라미가 쳐 있다. 이웃의 제사에는 친척들보다도 먼저 찾아가 정성 들여 빚은 술을 제주로 가져다주었다. 술을 내어주며 한 상 두둑이 얻어먹는 것이 할배의 일상이었다.

양조장 할배는 마을을 지키는 나무 그늘을 돗자리 삼아 누워 콩팥 할매가 나타날 시간을 기다렸다. 할매가 빵집에 나타나면 모든 경조사를 제치고라도 따라 들어갔다. 할매와의 말동무, 할배가 가장 정성을 쏟는 일이었다.

양조장 할배는 이리저리 찌그러지고 찢어져서 반창고까지 붙인 양은 주전자를 리랑이에게 건넸다. 주전자에는 차가운 술이 담겨 표면에 이슬이 송글송글 맺혔다.

"요번 발효종은 특히 쌀 향이 은은할 게야. 농약도 한 번 안 치고 키운 쌀을 고 속살만 도정하여 담은 술이거든. 향이 예술이지. 이번은 특히 누룩도 저기 감귤나무 숲에서 만들었단다. 숲의 정령이 하사하신 청량한 효모가 붙었을 게다. 아가야, 이것으로 좋은 빵을 만들어야 한다."

"와~ 고맙습니다. 벌써 마음이 두근거려요."

"술이 신의 눈물이라면 빵은 신의 육체이지. 신의 대지에 생명의 눈물이 적셔 내리듯 빵은 그렇게 완성하거라."

"네 할아버지. 깊이 새겨듣겠습니다."

'빵은 신의 육체… 빵은 신의 육체….'

리랑이의 가슴 속에는 이 말이 메아리로 울려 퍼졌다.

"크림빵은 이미 시원하게 준비해 두었어요. 앉으시면 가져다드릴게요."

양조장 할배는 슬그머니 콩팥 할매의 자리로 다가갔다.

"여기가 좀 바람이 괜찮군…."

해는 어느덧 뉘엿뉘엿 저녁놀로 변해가고 리랑이는 빵을 꺼내기 전에 엘비스 프레슬리의 LP판으로 바꿔 틀었다.

"할아버지 크림빵 여기 있어요."

소보로빵이 오후에 만드는 노을의 빵이라면 크림빵은 리랑이가 새벽에 일어나 가장 먼저 만드는 이슬의 빵이다. 새벽에 목장에서 배달된 신선한 우유를 정낭에 걸린 우유 바구니에서 꺼내온다. 오는 길에 닭장에 들러 밤새 사랑을 나눈 닭의 알을 조심스럽게 꺼내온다.

"꼬끼오 꼬끼오."

"오늘도 귀한 달걀 고맙게 쓸게~"

우유에는 이슬이 맺힌 초원의 향기가, 달걀에는 따뜻한 여명의 온기가 묻는다.

리랑이는 바닥이 둥근 동냄비를 꺼낸다. 우유에 바닐라 빈을 톡톡 긁어준 후 한소끔 끓인다. 김이 식을 동안 뒷마당에서 따온 청귤 즙을 살짝 뿌린다. 그러면 우유는 몽글몽글 지방과 단백질이 엉기며 순두부처럼 보드라운 크림치즈가 되어간다.

김이 식을 동안 달걀을 톡톡 까서 노른자만 모은다. 달걀을 거품기로 가볍게 휘핑하다가 꿀을 한 스푼 가미한다. 몽글몽글 크림치즈가 된 우유에 물처럼 분리된 유청은 따라내고 달걀노른자와 섞으며 다시 불을 올린다.

달걀과 우유가 아름다운 동그라미를 그리며 하나의 크림으로 만들어진다. 바닐라 빈의 우아한 향기, 우유의 부드러움, 달걀의 고소함으로 산뜻해지는 크림. 거기에 살짝 들어간 감귤 즙이 상큼한 콧노래를 불러준다. 크림이 만들어지면 지난밤 준비한 반죽으로 빵을 굽는다. 우유에 적셔둔 밀가루에 양조장 술을 촉촉이 붓는다. 천연 효모가 우유의 당을 먹고 뽀글뽀글 숨을 쉬면 촉촉하고 곱게 부풀어 오르는 밀빵. 이 빵을 만들 때 리랑이는 밀반죽을 기계로 치대지 않는다. 보자기를 접듯 몇 번 접어 완성하는 무반죽빵. 어두운 밤 동안 자연스럽게 만들어지는 밀가루의 찰기는 빵을 부풀리기에 충분한 힘을 갖기 때문에 크림빵은 화덕의 아침에 타오르는 첫 불에 성형한 반죽을 올리고 금세 구워내야 한다. 그래야 겉이 구수하며 속살의 수분을 잃지 않는 산뜻한 빵이 완성된다.

빵에 은은히 흘러나오는 쌀의 술, 살짝 감도는 새콤함은 크림과 어우러지며 느끼함은 잡고 풍미를 한층 끌어올릴 것이다. 반달 모양의 빵을 만들 때는 달걀의 노른자를 얇게 바르는 것을 잊지 말아야 한다.

커스터드 크림이 듬뿍 채워지고 탐스러운 아침이슬 모양을 한 크림빵 완성!

'할아버지는 열이 많으셔서 빵도 음료도 시원한 걸 좋아하시지.'

흥에 겨워 딸기코가 된 할아버지를 떠올린다.

빵을 만들어 냉장고에 살짝 두는 것을 잊지 않았다. 그러면 크림은 탱글탱글 향긋하고 빵은 고소하게 숙성되어 맛있는 크림빵이 될 수 있었다. 빵 표면의 달걀 코팅이 빵이 냉장고에서 수분이 빠져나가는 것을 막아주었다.

양조장 할배는 크림빵을 받고 두 손을 모으며 헤벌쭉 웃으며 한마디를 덧붙였다.

“리랑아 나는 거기 단팥죽 한 그릇 있지 그거도 조금 다오. 거 누가 농사를 지었는지 팥 맛이 어찌 꿀보다 달어.”

양조장 할배는 딸기코를 벌렁거리며 실실 웃음을 웃었다. 곰보빵이라고 놀려 뾰로통한 콩팥 할매. 그녀를 달래려는 일종의 작업 멘트였다.

양조장 할배는 크림빵을 받아 들더니 반을 뚝 갈랐다. 봄빛 투명한 이슬을 머금은 개나리. 개나리가 피면 이보다 더 아름다울까. 보드라운 크림이 얇고 보드라운 빵 사이로 꿀럭 쏟아져 내렸다. 목초를 먹은 소의 싱그러운 우유 향기, 달걀의 고소함이 그윽했다. 그 크림을 입에 흠뻑 가져가는 할아버지. 창밖으로는 저녁놀이 깔리고 <러브 미 텐더>가 울려 퍼졌다.

“캬~! 빵은 역시 크림빵이 최고야! 따봉! 따따봉이야. 러브 미 텐더 러브미 오~ 사랑스런 여인이여. 그대의 입술로 내 입술을 포개어주오.”

할아버지는 크림이 묻은 채 할머니를 향해서 입술을 쪽쪽거렸다.

“에이구 망측해라. 이 할배가 망령이 나도 좀 곱게 날 것이지.”

할머니도 싫지는 않은 모양인지 할아버지와 그 시간의 데이트를 곧잘 즐기는 눈치였다. 할머니는 곱게 들국화가 수놓아진 손수건을 꺼내어 할아버지 입가에 묻은 크림을 닦아주었다.

“리랑아, 이 할애비가 살날이 남았으면 얼마나 남았겠니. 그런데도 내가 말이지. 걱정이란 게 하나도 없어요. 자식들 잘 커서 지들 밥벌이나 하지. 나 적적하다고 이 곱디고운 할망구가 데이트도 해주지. 또 이렇게 맛난 크림빵을 먹을 수 있으니…. 우리 리랑이가 해주는 빵은 이렇게 달콤하고 보드라우니 이빨이 몽창 빠져도 죽을 때까지 맛나게 먹을 수 있을 것 아니냐."

할배의 눈에는 어느새 탁주 같은 눈물이 그렁그렁 맺혔다.

"아이 할아버지 이젠 100세 시대래요. 120살 아니 200살까지 오래오래 사실 거예요. 그래야 저도 할아버지 누룩으로 빵을 만들죠. 할아버지가 안 계시면 이 빵도 세상에 없어요."

"얼굴도 이쁜 아가가 말도 거참 이쁘게 하지. 그래 너도 있고 이 할매도 있는 이 좋은 세상 오래오래 살아야지."

양배추 총각의 외사랑 사라다빵

빵집 문이 삐걱, 하고 열렸다. 그 사이로 목소리가 쩌렁쩌렁한 양배추 총각이 들어왔다.

"리랑 씨 올해 양배추는 실하기도 실해요. 값도 좋게 받을 수 있고요."

양배추 총각은 큰 바구니에 아침에 딴 양배추와 감자, 당근을 리랑의 주방까지 가져다준다. 꼬불꼬불 곱슬머리에 땀이 한가득, 그래도 이 청년은 리랑의 얼굴을 보기만 해도 좋다.

시골에서만 자란 무릉리 토박이 양배추 총각, 시내에서 리랑이가 이

사를 왔을 때 그는 첫눈에 반했다. '와 피부가 저렇게 뽀얄 수가. 저 얼굴 한번 만져볼 수 있었으면.'

수줍음을 많이 타는 성격 탓에 말도 먼저 못 붙였지만 리랑이 주위를 빙빙 맴돌았다. 장마 때 비가 새는 날이면 조용히 먼저 와서 새는 지붕을 막아주었고, 형광등이 고장 나면 자기 집 전구를 빼다가 바꿔주어 부모님께 꾸중 듣기 일쑤. 깡촌이라 마을 전체에 정전이 곧잘 되어도 리랑이의 빵집 앞은 환한 가로등이 켜져 있었다.

'우리 리랑 씨는 새벽에 반죽을 하지. 어두우면 무서울 거야. 화덕으로 가다가 돌에 걸려 넘어질지도 몰라. 이 세상이 모두 어둠에 덮여도 네 발자국만은 내가 밝혀줄게.'

양배추 총각이 손으로 수동 발전기를 돌리며 온갖 모기와 나방에 뜯겨가며 밤새도록 백열등을 켜주었다는 사실은 리랑이도 마을 사람들 아무도 모른다.

리랑이네의 빵 굽는 화덕도 양배추 총각 없이는 탄생하지 못했다. 양배추 총각은 부뚜막 생활을 오래 하던 터에 화덕을 만드는 것에는 전문가였다. 뒷산에서 질 좋은 황토를 리어카에 실어 와서 벽돌을 만들고 돔 모양으로 공간을 잡아 빵이 구워질 화덕 오븐을 만들었다. 그날 이후로 장작을 하루도 끊이지 않게 마련해주는 것도 양배추 총각이었다. 마을 사람들은 이 총각이 머리가 곱슬곱슬하고 또 양배추 농사를 잘 지어 양배추 총각이라고 불렀다.

"고마워요. 양배추님. 제가 금방 사라다빵 만들어 드릴게요."

리랑이는 양배추 총각으로부터 당근과 감자를 받아 흐르는 물에 깨끗이 씻는다. 깨끗한 공기와 맑은 물을 만나 알알이 여문 채소들. 리랑이는 이 생명체를 만지고 있으면 그 순간순간에 하느님을 느끼는 것 같다.

빨간 냄비에 물을 끓이고 감자는 찌고 달걀은 삶는다. 당근과 양배추는 가늘고 곱게 사박사박사박 채를 썬다. 소금을 살짝 쳐서 숨이 죽을 정도로만 절여둔다.

보글보글.

찜기 위로 감자가 삶아지자 트인 속살 사이로 투명하고 포슬포슬한 분감자 속살이 보인다.

"아 무릉리 감자는 포슬포슬, 분이 많아서 따뜻한 달콤함이 있어."

리랑이는 감자와 달걀 껍질을 까고 나무 볼에 넣은 후 수제 마요네즈를 얹어 방망이로 으깼다. 달걀의 노른자와 감자가 어우러지면서 베이지 톤의 고운 크림이 탄생한다. 거기에 아삭아삭 신선한 양배추와 당근 채를 넣으면 사라다 완성!

아침에 크림빵 만들 때 함께 구워 놓은 달걀형 모닝번을 반으로 갈랐다. 그 사이에 사라다를 듬뿍 얹었다. 달걀이 공룡 알로 변신하듯 동그랗고도 탐스러운 사라다빵.

"양배추님 여기요. 오늘은 여기서 드시고 가세요. 매번 선물만 주시고 사라지셔서 얼마나 서운한지 몰라요."

리랑이는 양배추 총각에게 사라다빵을 건넸다. 양배추 총각은 아직도 리랑이를 똑바로 쳐다보지 못한다. 귀까지 발개진 양배추 총각.

"아유 아녜요. 해가 산 중턱에 오기 전까지 할 일이 산더미 같아요. 또 일하다가 새참으로 리랑 시가 싸준 사라다빵 먹는 게 제게 어마 무시한 낙인걸요."

리랑이는 사라다빵을 꽃무늬 페이퍼에 포장하고 양조장 아저씨가 가져오신 막걸리를 유리병에 채워 야채를 담아 온 소쿠리에 넣고 광목 보자기로 예쁘게 쌌다.

"리랑 씨 그나저나 그 날라리 아직 안 왔죠? 그 사기꾼 말에 절대 넘어가면 안 돼요. 말도 섞지 마요."

커피 돌싱의 밤식빵 치유의 빵

"뭐? 날라리? 날라리는 무슨 날라리… 나 찾냐?"

이웃에서 게스트하우스와 카페를 운영하는 커피 돌싱. 이미 먼저 와 빵집에 음악을 틀며 커피를 내리고 있었다.

"내가 가게를 안 봐주면 우리 리랑 씨가 어찌 맘을 놓고 빵을 굽겠어."

주방에서 나오는 커피 돌싱을 보더니 양배추 총각의 순한 얼굴이 금세 심술보가 되었다.

"리랑 씨, 안 그래요? 커피 없는 빵은 영혼 없는 음식. 자고로 빵 옆에는 커피가 예쁜 리랑 씨 옆에는 내가 있어야 그림이 완성된다고."

커피 돌싱은 방송국에서도 로맨티스트로 통했다. 깐깐한 여배우들도 피디 앞에서는 착한 토끼가 되었는데 이 모두 부드러운 매너와 문학적 감성이 이루어낸 달콤한 언변 때문이었다. 외지에서 왔지만 깡촌 사람들과도 금세 친해질 수 있었던 것도 그 특유의 친절함 때문에 음악도 오는 사람의 표정에서 기분을 읽으며 그 사람의 마음을 달래줄 그리고 빵에 어울릴 선곡을 잘 해주곤 했다. 그런 커피 돌싱이 양배추 총각은 부럽고도 질투가 났다.

'오랜 시간 동안 내가 리랑 씨에게 들인 공이 어딘데. 한순간에 저 껄떡대는 양아치에게 뺏기면… 으흑 안 돼.'

"좋아하면 좋아한다고 말을 해 이 바보야."

묵묵.

부끄러움과 분함을 숨기지 못하는 양배추 총각 귀가 발갛다 못해 번개탄이 되어 불꽃이 타올랐다.

"저거, 저거 봐라. 부러우면 지는 거라고. 형, 하고 불러봐. 그럼 내가 여자의 마음을 사는 기술, 톱스타들이 껌뻑 넘어간 그 비법을 천기누설 해주마."

"저 양아치. 리랑 씨 절대 저 자식 말에 넘어가면 안 돼요."

"네 염려 말고 어여 가세요. 해지기 전에 일 마무리 하셔야죠."

양배추 총각은 리랑이가 싸준 빵을 아기 안듯 소중하게 품에 안고 나가려다,

"아! 리랑 씨 내일이 찐빵 날이죠? 제가 잘 말린 장작으로 잘 골라서

내일 새벽에 부뚜막 옆에 가저다 놓을게요."

"아 정말 고마워요."

"크크크. 저 녀석은 밤낮 일만 하는 소 같잖어. 세상 그지 같은지 모르고 착해 빠져가지고."

커피 돌싱은 리랑이의 작업대 옆에 의자를 가져다 걸터앉았다. 이제 자신이 가장 좋아하는 가이샤 커피 원두를 추출할 타임이었다.

'이 시간 이렇게 커피를 내릴 수 있다니.'

커피 돌싱은 자신의 지난날이 영화처럼 스쳐갔다. 시청률 1위의 주말 예능 프로그램 피디. 그가 하는 프로그램은 작품마다 40%, 50% 돌파 60% 임박! 시청률 신화를 써갔다. 새로운 작업을 한다는 소문이 돌면 톱스타들이 새벽마다 찾아와 섭외를 부탁했고 여배우들은 노골적으로 자신의 차에 몰래 올라타는 등 은밀한 유혹을 보내왔다.

밤샘 촬영으로 집에는 소홀해지고, 아이는 이내 아빠의 얼굴을 잊어버릴 정도였다.

"당신에게 우리가 가족이기는 한 거예요?"

착한 성품으로 묵묵히 내조하던 아내가 그만 못 참고 울음을 터뜨렸다. 교육자 집안의 곱게 자란 여자였다.

"아이가 오죽하면 부모 그림을 그리라는데 아빠 자리에 TV를 그리고 있겠냐고요."

"내가 뭐 하고 싶어서 그러는 줄 알아? 안 그러면 명문대 나온 실력파 후배들이 바로 내 목을 조여 오고 윗선에서는 시청률 더 끌어올리라고 난리, 동료들은 나 잘되는 꼴 못 보겠다고 끌어내리고야 말겠다고 눈이 시뻘개져 있는데."

"그럼 왜 일에 미쳐서 혼자서 살지 왜 나랑 결혼했어요. 왜 나까지 불행한 구렁텅이로 빠뜨리냐구요!"

아내의 울부짖음에 울컥한 나머지 아내의 뺨을 손으로 내리쳤다. 방구석으로 내동댕이쳐진 아내는 서러운 여인으로 흐느꼈고 아이는 겁에 질려 목청이 찢어질 듯 울었다.

"가버려! 다 필요 없어. 다 가버리라고!!!"

그날 이후로 아내는 아이를 데리고 친정으로 갔고 며칠 후 싸늘한 이혼서류만 우편함에 도착해 있었다.

그 이후로 방송은 죽을힘을 다해 만들었으나 자신만 공중에 붕 떠 있는 느낌이었다.

"저 피디 이혼당하게 생겼대."

"그 여배우 A랑 스캔들 날 때부터 알아봤어."

"사생활이 개 같다던데."

앞에서는 그에게 피디님 대왕님 하며 손바닥이 닳도록 아첨하는 사람들은 뒤돌아서, 엘리베이터에서 그의 험담을 했고 술자리에서 안주 대신 씹었다. 최측근들이 격렬하게 더욱 격렬하게 쾌재를 불렀다.

말수를 잃어가는 피디. 할 수 있는 말은 "컷! 컷! 컷!" 뿐이었다.

많은 이들의 틈에 가면 심장이 벌렁벌렁 뛰었다.

친구가 하는 신경외과를 찾아갔다.

"야 내가 왜 이러는지 몰라. 이러다 숨 막혀 죽을 것 같아."

"심한 스트레스와 과로에서 오는 공황장애야. 자식, 일 좀 작작하라고 했지. 남 잘 때 잠도 자고 가족들이랑 놀이공원에도 가고. 이젠 우울증까지 동반돼서 즉각 치료 못 하면 생명까지 위협할 지경이라고."

입안에 가득 찰 만큼 약을 먹었다. 병원을 다니며 주사도 맞고 상담치료도 받았다. 그러나 나아지는 것은 하나 없었다. 그저 먹먹하여 돌아오는 길 눈물만 고일 때가 많았다.

그는 꺾어 버려진 나무젓가락처럼 고개를 떨구었다. 자신보다도 아내와 아이에게 미안했다.

엽서를 꺼내어 몇 글자 적는다.

"나… 한 번만 기회를 줘. 단 한 번만, 변해서 돌아올게."

그리고 들어온 곳이 무릉리였다. 인적이 끊긴 곳. 바다와 산을 볼 수 있는 곳. TV와 인터넷 스마트폰이 없는 곳.

자신이 좋아하는 커피가 있으면 외로움은 달래 줄 수 있을 것 같았다. 그런데 선물 같은 사람 아리랑을 만난 것이다. 폐인의 모습으로 무릉리를 찾아갔을 때, 주위에 아는 이 하나 없을 때, 무작정 불 밝혀진 집으로 들어갔다. 리랑이는 마침 저녁에 가을 달을 쳐다보며 밤을 삶고 있었다.

"배가… 배가 고파요."

리랑이는 낯선 남자를 물끄러미 쳐다봤다.

둘 사이에 잠시 정적.

"그럼, 여기 이 밤 껍질 좀 까주실래요?"

리랑이는 테이블 의자를 빼어 문간에 서서 어쩔 줄 모르는 그에게 권했다.

마른 가을밤에 밤 익는 향이 고소했다. 그는 서툰 칼질로 밤을 까서 리랑이에게 넘겼다. 리랑이는 숙성시킨 반죽에 알밤을 우르르 쏟아부었다. 그리고 먹기 좋은 크기로 둥글리기를 하고 식빵 틀에 세 덩이를 담아 화덕에 올렸다.

'아무도 없는 시골에서 빵을 굽는 아가씨. 칠흑 같은 생머리 탐스럽게 땋은 머리. 얼굴에 화장기 하나 없군. 그런데 왜 빛이 나지?'

피디는 리랑이에게 보름달 달무리처럼 퍼지는 여신의 아우라를 느꼈다. 화려한 메이크업과 드레스로 자신 주변에 맴돌던 여배우들과는 다른 세상의 여인이었다.

'아 투명해… 순수함에서 오는 선한 아름다움.'

리랑이는 자기가 첫눈에 반한 아내의 젊은 시절과 묘하게 닮아 있었다. 그래서 리랑이에게 끌리면서도 왠지 보호해주고 싶은 마음이 깃들었다.

'조용하고도 선한 사람. 이런 사람 옆이라면 마음의 둥지를 틀어도 되겠다.'

리랑이는 그에게 갓 구운 밤식빵을 건넸다.

"죄송한데 저희 집에는 커피가 없어요. 따뜻한 보리차라도."

그는 주섬주섬 자신의 가방에서 무언가를 꺼냈다. 떠나올 때 유일하게 챙겨온 커피 원두와 글라인드, 커피 주전자였다.

"이건… 이건 제가 해드릴 수 있어요."

조용히 앉은 두 사람 사이로 커피빈 가는 소리가 도르르. 도르르.

"가이샤예요. 진한 삼림과 같은 향에 고혹적인 맛이 새어나오죠. 마치 아가씨의 눈빛처럼."

처음 맡아보는 커피 향기에 리랑이는 깊숙이 숨을 들이쉬었다. 가이샤의 섹시한 체리 향과 갓 구운 밤식빵의 중후한 구수함이 매혹적인 탱고를 추는 듯했다.

커피를 내리고 그는 리랑이의 밤식빵 반을 갈랐다. 몽실몽실 따스한 생명체.

"아 나는 심장에서 이 온기를 잊고 살았어. 결결이 찢어지는 이 속살. 사탄에게 뺏긴 내 영혼을 마리아가 찾아 감싸주는 듯해. 이 보슬거리는 밤은 무엇이며. 입안 가득 밀려오는 수확의 맛. 쓰고 버리고 잊히는 프로그램이 아니라 영혼의 페이지 페이지가 하나하나 쌓여 나가는 고전 같은 맛이야."

그날 밤, 밤식빵은 커피 돌싱에게 치유의 빵이 되었다. 국립병원 의사도 못 고친 마음의 상처는 시골의 작은 빵집에서 아물어갔다.

그렇게 아리랑의 빵집에는 무릉리 사람들이 모여들었다. 오늘 수확한 것들을 가져다주면 리랑이는 가장 따뜻하고 맛있는 빵으로 구워주었다. 가족과 이별한 사람, 세상이 할퀸 상처로 남몰래 숨어든 사람 이들이 모여 함께 빵을 나누어 먹고 식구가 되어갔다.

카스텔라 왕자님

오늘 아침에 일어나 아리랑이 립스틱을 바르는 이유. 귀한 손님이 찾아오기 때문이다.

"엄마는 아무리 바빠도 손님을 맞을 때면 꼭 살구색 립스틱을 바르고 예쁘게 단장하셨어."

평소 이른 아침은 빵 작업을 하는 시간이기 때문에 머리도 부스스 푸석한 얼굴을 하고 있기 일쑤였다. 오늘은 귀한 손님이 오는 날. 콩팥할매의 손자 카스텔라 왕자님을 영접하는 날이다.

리랑이는 어제 잠들기 전 수제 사과잼을 듬뿍 만들어 두었다.

"자아~ 카스텔라를 만들어 볼까."

달걀을 톡독 깨어 노른지를 분리해내고 꿀과 섞어 은은한 크림이 될 때까지 섞는다. 그리고 나서는 우유를 따끈하게 데워 영양과 고소한 맛을 더한다. 이제 흰자 차례. 두 팔을 걷어 올리고 혼신을 다해 거품기로 머랭 치기 한판. 리랑이가 거품을 내는 소리에 졸던 아침 새들도 짹짹거리며 일어나 이슬에 세수를 한다. 박력분을 체로 쳐 노른자에 살살 뿌리고 머랭과 두세 번에 걸쳐 조심히 섞으면서 카스텔라 반죽을 완성한다. 불씨가 살아나는 아침 화덕, 아침 온도는 카스텔라를 굽기에 딱 좋다. 넓게 펴서 폭신한 케이크 시트를 구워낸다. 겉은 노릇노릇하게 속은 살근살근 보드랍게.

"음~ 잘 구워졌어."

리랑이는 금세 구워진 카스텔라를 꺼내어 향을 듬뿍 맡아본다. 꿀의 향, 달걀의 고소함, 우유의 촉촉함이 어머니의 이불처럼 부드럽다. 네모로 구워진 카스텔라에 달콤한 사과잼을 도톰하게 펴 바른다. 건포도도 살살 뿌려 넣는 것을 잊지 않는다.

"우리 왕자님은 건포도를 좋아하시지."

유산지를 깔고 밀대로 돌돌 굴려 걸리버의 김밥처럼 말아내면 완성.

"왕자님이 오시기까지는 시간이 좀 있네."

리랑이는 만든 카스텔라를 냉장실에 보관하여 식감을 더욱 탄탄하게 만들었다.

"이리 오너라~."

나무문의 문고리를 잡고 세 번 두드리는 한 사내아이. 리랑이는 앞치마로 벗고 머리를 가다듬은 후 문으로 달려가 맞이했다.

"우리 왕자님. 행차하셨네요."

케이크 시트에 사과잼을 충분히 올리고 건포도를 뿌려 돌돌 말은 롤 카스텔라. 도톰하게 한 피스를 썰었다. 그리고 차가운 우유 한 잔을 곁들여 가져다주었다.

"우리 왕자님 드리라고 할아버지께서 특별히 슈퍼히어로 소에게서 짠 목장 우유를 가져다주셨답니다."

"헤헤. 역시 우리 할아버지."

"숙제는 다 하시고요?"

"그럼요 빵 이모."

콩팥 할매의 아들 내외는 서울 일류대학의 교수였다. 강의에, 방송 출연에 아들을 볼 시간이 없자 남에 손에 키우기 싫다고 상의해 할아버지 할머니 집으로 보냈다.

"아버님, 아버님 마침 제주도에 국제 학교가 생겼지 뭐예요. 서울에서도 보내기 힘들다는데."

평소 잔정과는 담을 쌓던 이성적 며느리는 혼신의 힘을 다해 애교를 떨었고, 아들과 합동작전으로 국제 학교 무기 삼아 손자를 떠다 맡겼다. 아들 부부는 번갈아 가며 주말마다 아이를 보러 왔다. 목장 할아버지 내외도 "이때 아니면 이 녀석들이 우리 보러 언제 내려오기라도 하겠소" 하며 마다하지 않았다.

'그래도 엄마 빈자리가 클 텐데….'

리랑이는 엄마 품을 잊고 사는 아이를 보면 자신의 어린 시절 생각이 나서 마음이 짠했다. 리랑이의 따스한 보살핌에 아이는 빵 이모라 부르며 엄마처럼 따랐다.

아이는 카스텔라를 두 손으로 들어 테이프를 떼어내듯 롤의 바깥 결을 뜯어내었다. 달콤한 건포도를 우선 떼어먹고 카스텔라 조각은 흰 우유에 폭 담근 후 호로록 소리를 내며 입으로 가져갔다.

'촉촉한 카스텔라에 적셔 드는 우유, 우유는 사과잼과 어우러져 새콤달콤해.'

잠이 덜 깬 아이의 눈가에 밝은 미소가 번져나갔다. 리랑이는 카스텔라 왕자의 이런 미소가 좋았다.

'옛날 어렸을 적 아빠가 빵을 만들어 주시면 나는 이렇게 웃었을 거야.'

"저 솔직히 흰 우유 싫어해요. 학교에서 나눠주면 안 먹고 와서 가방에서 터진 적도 있어요. 그런데 반 친구들이 목장집 아이가 우유도 못 먹는 대요~ 하고 놀렸어요."

카스텔라 왕자는 이야기를 하면서 서러운지 울먹울먹했다.

"그런데 이모, 빵 이모네 집에 오면 흰 우유를 먹을 수 있어요. 빵 이모 카스텔라랑 먹으면 슈퍼히어로 소 우유가 맛있어요. 나중에 우리 반 애들 데려와도 돼요? 내가 흰 우유 먹을 수 있다는 것을 보여주고 말거예요!"

"그럼 되고 말고요. 우리 슈퍼히어로 왕자님이 우유를 얼마나 잘 먹는데요."

리랑이는 카스텔라 왕자의 머리를 쓰다듬어주었다. 아이는 신나게 다리를 달랑달랑 흔들면서 카스텔라와 우유 한 컵을 먹어치웠다. 카스텔라 왕자님이 빵을 먹을 동안 리랑이는 옆에서 지켜보았다.

'어머 과제 주머니가 찢어져 있네.'

아직 등굣길 차가 오기에는 시간이 좀 남았다. 리랑이는 반짇고리를 가져다가 조용히 구멍 난 엄마의 빈자리를 바느질을 해주었다.

깡촌에 등장한 미라클

공항에 내려 차를 렌트하고 물어물어 찾아온 무릉리.

"와~ 이거 깡촌은 깡촌이네. 4차 혁명이 도래한 지가 언젠데 뭐 이런… 핸드폰이 먹통이 되다니."

미라클은 어이가 없었다. 그래도 방법이 없다. 내비게이션도 산속에서 방향을 잃은 지 오래. 한참 운전하다가 틈틈이 출몰하는 마을 사람들에게 묻고 물어서 근방까지 도착했다. 돌담에 마당이 있는 나무집. 차에 내려서 슬슬 둘러보다가 처마 밑에 반가운 글씨가 보였다.

'아리랑 제과점'

"와 맞어. 그때도 저 간판이었어!!"

미라클은 펄쩍펄쩍 뛰며 소리를 질렀다. 두 눈에 폭풍 눈물이 터졌다.

"문이 어디 있지?"

돌담을 돌아 돌아 정낭을 발견했다. 통나무 세 개가 상병의 작대기처럼 돌담을 방어하듯 막고 있다.

"이 정도야!"

훌쩍 뛰어넘으려고 하던 차에 해가 산으로 꼴깍 넘어갔다. 그러자 약속이라도 하듯이 아리랑 제과점에 불이 딸깍, 하고 꺼졌다.

"무슨 빵집이 8시도 되기 전에 문을 닫아!? 시골이 이래서 안 되는 거야. 피 터지게 싸워도 살아남지 못하는 판에…?"

미라클은 실망스러웠지만 깡촌을 찾아오느라 헤매기도 헤맸고 전날의 잠도 설쳐서 피곤함이 몰려왔다. 바로 옆에 작고 멋스러운 이층집이 있었는데 어디서 본 듯 익숙했다.

"어어, 내가 블로그로 예약한 게스트하우스 같은데…."

아니나 다를까 강아지를 산책시키고 돌아온 커피 돌싱과 얼굴이 마주쳤다.

"혹시 미라클님…."

커피 돌싱이 격하게 웃었다. 그리고 와락 껴안았다.

"아… 네… 뭐~~~"

'아 이 유명세 하고는 역시 깡촌도 스타는 알아보긴 하는군.'

미라클은 금세 또 우쭐해졌다.

커피 돌싱이 미라클을 알아볼 리 없다. 커피싱글은 귀촌한 지 오래되었고 그 후에는 TV와 담을 쌓고 살았으니. 단지 너무 오랜 기간 사람이 왕래하지 않아 오래 묵혀둔 수다 본능이 근질근질하던 참이었다. 스쳐간 한 여행자가 게스트하우스의 이야기를 인터넷에 올렸는지 엊저녁 전화 문자로 예약이 들어왔고 그 이름이 미라클이었다.

"이름하고는 촌스럽게 미라클이 뭐야. 그래도 내일 저녁은 심심하진 않겠군."

이렇게 손님방에 쳐진 거미줄을 치고 하얗게 볕에 말린 침구를 정리하면서 예약자님을 기다리고 있었다.

커피 돌싱은 미라클은 2층 손님방으로 안내했다.

"사장님, 저기 저 옆집, 빵집 맞죠?"

"그럼요 간판 안 보여요? 간판! 아리랑 제과점."

"그런데 무슨 빵집이 8시가 안 되는데 문을 닫아요?"

"저 집은 그냥 그런 빵집이 아녜요. 서울에서는 볼 수도 들을 수도 감히 맛볼 수도 없는…."

'이 아저씨가 깡촌에서 사시더니 감 떨어지셨군. 서울에는 미라클 베이커리가 있다고요. 미라클님의 빵만 하려고.'

미라클은 콧방귀를 살짝 꼈다. 그런데 한편 아리랑 제과점에 대한 궁금증이 더해졌다.

'도대체 어떤 빵이기에 맛볼 수도 들을 수도 볼 수도 없다는 건가….'

방으로 돌아온 미라클은 침대에 누워 지붕을 바라봤다. 유리창으로 지붕을 마감하여 어두운 밤 별빛이 고스란히 보였다. 별이 반짝거리다 유성이 하나 떨어졌다. 그런데 아깝게도 미라클은 이미 깊은 잠 속으로 빠져든 상태였다.

....

팔지 않는 빵 그러나 다 팔리는 빵

리랑이는 여느 때처럼 화덕에서 카스텔라를 가장 먼저 구워냈다. 한김 식을 동안 어젯밤 조려둔 사과잼을 바라봤다.

"아 이번엔 더 새콤달콤하게 잘됐네."

리랑이는 한층 숙성된 사과잼을 스푼 한가득 떠먹으며 사과 같은 미소를 지었다. 그리고 나서는 건포도를 사과즙에 불렸다.

"우리 카스텔라 왕자님, 왕자님이 더 커서 어른이 되면 건포도를 술에 절여줄게요."

"이리 오너라."

카스텔라 왕자는 제과점 나무문을 삐걱거리며 들어왔다. 동그란 책가방에 늘 깔끔한 차림새. 할머님의 사랑을 듬뿍 받아 처음 이곳에 올 때보다 많이 해맑아졌다.

"왕자님 행차하셨습니까?"

리랑이는 반갑게 맞이하면서 사랑스러운 볼에 뽀뽀를 해주었다.

"어서 앉으십시오. 아침 대령하겠나이다."

리랑이는 이렇게 말해 두고 왕자님의 머리를 가볍게 쓰다듬어준다. 그리고 카스텔라를 썰어 가장 맛있는 한 조각을 플랫에 얹었다. 사과잼과 건포도가 흠뻑 적셔지고 달걀의 좋은 향내가 잘 나는 부분으로. 목장에서 바로 온 우유는 꼭 옆에 챙겼다.

카스텔라 왕자님이 맛있게 먹고 있을 때 즈음 누군가 창밖에서 이쪽을 훔쳐보고 문밖에서 어슬렁거리는 것이 느껴졌다.

"누구길래 아침부터?"

한편 미라클은 돌담에서 들어갈까 말까 망설이다가 방금 어떤 꼬마 녀석이 들어가는 것을 틈타 한걸음에 달려왔다. 밖에서 슬슬 눈치를 보다가 빵이 구워지는 향기를 맡으니 마술에 이끌리듯 문을 열고 들어갔다.

삐걱.

마침 문은 반쯤 열려 있었다. 미라클은 주인의 허락도 받지 않은 채 주방을 이리저리 탐색하고 빵이 어디 있는지 개코처럼 킁킁거리며 이리저리 왔다 갔다 했다.

"어라 아직 빵도 없잖아. 이런 게을러터진 빵집을 봤나."

혼자 툴툴거리는 소리가 카스텔라 왕자 옆에 앉아 있는 리랑이에게 까지 들렸다.

"촌스럽긴… 21세기에 아직도 롤케이크를 하는 데가 있네…."

미라클은 썰고 남은 롤 카스텔라를 발견하고 손으로 툭툭 찔러보다가 코를 가져대고 킁킁 냄새를 맡았다. 향긋하고 부드러운 달걀의 향미가 살포시 올라왔다. 거기에 옆에 있는 사과잼을 보니 식욕이 갑자기 돋았다.

꼬르륵. 미라클의 배가 카스텔라를 달라고 요동을 쳤다. 그러고 보니 어제저녁부터 굶은 터였다.

"음 카스텔라는 꽤 하네."

리랑이는 주인 허락도 받지 않고 이리저리 주방을 휘젓고 다니는 이 남자를 보니 화가 부글부글 올라오기 시작했다.

그러던 찰나,

"이거 얼마면 돼?"

미라클이 어느새 카스텔라 왕자님 곁으로 다가가 있었다. 그 손이 카스텔라 왕자님이 맛있게 먹고 있는 카스텔라를 향해 있었다.

리랑이는 잽싸게 주방으로 가서 남은 카스텔라를 예쁘게 바구니에 담고 보자기로 싸면서,

"미안하지만 카스텔라는 다 팔리고 없네요."

"아니 저거 남은 거…."

미라클이 카스텔라가 있던 자리를 가리키니 이미 다 포장되고 없

는 상태.

"왕자님 여기 이거 할머님께 전해드려요. 오늘 특별히 잘 되어서 맛보시라고."

"네! 빵 이모."

카스텔라 왕자는 모자를 쓰고 제과점을 나섰다.

미라클은 한구석 테이블에 앉아 기다리기로 했다. 조용히 실내와 외부 화덕을 왔다 갔다 하며 빵을 굽는 아리랑.

'화덕에서 구운 카스텔라여서 불의 온화한 맛이 나는 것이군.'

리랑이는 화덕에 불이 오르자 단팥빵과 슈크림빵을 올렸다.

정오가 되자 양배추 총각이 들어왔고 리랑이는 만들어 둔 사라다빵을 가져다주었다.

"내일 쓸 장작 저기 화덕 옆에 두었어요."

"고마워요. 내일 빵은 더 맛있게 만들어 드릴게요."

"제게 이보다 더 맛있는 빵은 없어요."

양배추 총각은 땀을 뻘뻘 흘리면서도 시원하게 냉장고에서 꺼낸 양배추 사라다빵을 우걱우걱 먹었다.

'아 저 표정은… 백 일을 굶은 사람이 물을 마시듯 희망찬 눈망울이 되어가고 있어!'

미라클은 또 양배추 총각의 테이블로 다가가 손가락을 가리키며, "이건 얼마면 되는데?" 하고 물었다. 배가 점점 고파왔다. 리랑이는 이제 미라클을 본제만제하며 투명인간 취급하기로 했다.

소보로빵이 구워지고, 슈크림빵이 구워지고 양조장 할배와 콩팥 할매가 오늘은 제과점 문 앞에서 만났는지 아웅다웅하면서 문을 열고 들어왔다. 그리고 옹기종기 마주 앉아 데이트를 한다. 리랑이는 기쁘게 인사하며 접시에 소보루빵, 단팥빵, 슈크림빵을 담았다.

이때를 놓칠세라 미라클은 재빨리 뛰어가 "이건 대체 얼마면 되는데!" 했지만 리랑이는 이제는 말도 섞지 않고 눈도 마주치지 않았다. 그리고는 할머니, 할아버지가 있는 자리로 빵을 들고 다가갔다.

"할머니 오늘은 내일 쓸 팥소 준비를 하면서 단팥빵을 구워봤어요."

할머니는 아웅다웅 할배와 하던 말을 멈추고 단팥빵에 손을 가져갔다. 주름이 쭈글쭈글 박혀 있지만 참 고운 손이다. 콩팥 할매는 단팥빵을 조심스럽게 반을 가르더니 팥의 모양을 확인했다. 그리고 코로 조용히 가져가 향을 맡는다.

"응 올해 팥은 정말 향이 좋아."

그러고 나서 한입 조금 떼어 오물오물 씹었다. 눈을 감고 그 맛을 느끼며. 그 모습을 양조장 할배는 넋을 놓고 쳐다본다.

'이 할매 이럴 땐 선녀 같아. 고와, 참 고와.'

콩팥 할매는 단팥빵을 한 모금 넘기더니,

"리랑아 네가 이제는 팥의 마음을 이해하기 시작했구나. 팥이 드디어 너에게 마음을 열기 시작했어."

'이런 또 무슨 말이야? 뭐 팥이 마음? 팥이 마음을 열기 시작했다

고? 가마솥 뚜껑 열리는 소리 하고 있네. 마을 사람들이 다들 정신이 나갔나.'

미라클은 구석에 앉아 배고픈데 빵 못 먹는 울컥하는 마음을 진정시켰다. 그리고 주변을 바라본다.

'빵이 구워지는 향기가 빵집 안을 가득 채우는구나. 저 사람들. 빵을 먹는 사람들이 진정 행복하게 웃고 있어. 저기 땀 뻘뻘 흘리는 무식하게 생긴 농부도, 빨갛게 코까지 술에 절여진 할배도, 쪼글쪼글 주름으로 가득한 저기 할머니도.'

'이건 뭐지? 빵과는 거리가 있을 것 같은 사람들. 그저 밥과 국과 김치가 익숙해서 빵이나 밀가루는 더부룩하다고 여길 사람들이 여기서는 아니야. 밥보다 그 어떤 진수성찬보다 저 빵을 맛있게 마음으로 흡입하고 있어.'

그 행복한 기운 속에서 미라클은 완전히 외톨이가 되었다. 미라클 자신 하나만 그 주위에서 미운 오리 새끼처럼 빙글빙글 맴돌고 있었다.

어느새 해가 뉘엿뉘엿 지고 아리랑 빵집의 가마도 불이 사그라졌다. 끝내 미라클은 빵 한 조각 얻어먹지 못하고 "이거 얼마면 돼?"만 목 놓아 외치다가 힘이 빠져 게스트하우스로 돌아갔다.

....

찐빵 찌는 날

커피 돌싱은 저녁놀을 보면서 로스팅한 커피에 향이 잘 묻어나는지 드립 한 잔을 빼고 있었다.

삐걱, 하고 미라클이 들어왔다. 표정을 보니 빵 하나도 못 얻어먹은 게 분명했다.

“후후. 그럼 그렇지.”

커피싱글은 미라클에게 커피 한 잔을 건넨다.

“빵 잘 얻어먹고 들어오는 거요?”

“빵은 무슨 빵요. 미친놈 투명인간 취급만 받고….”

커피싱글은 자기가 처음 아리랑 제과점을 들어갔을 때가 생각났다.

"거기 빵은 사기 쉽지 않지. 도무지 팔지를 않다가 어느새 다 팔려 버리니까."

미라클은 무슨 의미인지 몰라 갸우뚱했다. 화가 나서 털썩 주저앉았다.

"치사해서 안…."

그러나 그 빵을 먹어도 그만 안 먹어도 그만인 자신의 처지가 아니었다. 금쪽같은 시간을 빼고 찾아온 빵집 아닌가. 자신의 미래가 걸린 빵이 아닌가. 투덜거리던 자신의 모드를 확 바꿔서 절실함이 가득한 표정으로 커피 돌싱에게 앙탈을 부렸다.

"전 무슨 일이 있어도 그 빵을 맛봐야 해요. 도대체 사람들은 얼마를 주기에 시간에 딱딱 맞춰 구워주냔 말이에요?"

"기다림이 필요해요. 기다림."

갈수록 태산이었다.

"그 빵집은 특별하다고 했잖아요."

"특별하긴 무슨 개뿔, 시골 빵집에서나 하는 카스텔라랑 소보로빵, 단팥빵 이런 거나 만들고 앉아 있구만. 요즘 서울에서는 그런 빵 잘 취급도 안 해요. 요즘 프랑스빵이 얼마나 근사하고 멋지게 잘 나오는데."

"후후후. 그건 아직 여기 빵을 맛보지 못한 사람들의 얘기고."

"뭐 빵은 그렇다 쳐, 거기다가 그 성격 고약한 여자는 뭐예요?"

미라클은 세상의 온 여자를 차면 찼지 자기가 무시당하기는 처음이었다. 자존심이 확 상했다.

"아, 우리 리랑 씨? 그 고운 리랑 씨."

커피 돌싱은 미라클에게 커피 한 잔을 내어주고 자신도 커피를 마시며 리랑이를 떠올렸다. 떠올리기만 해도 예쁜 사람.

"아리랑 제과점의 빵은 먹을 만한 자격이 있는 사람에게만 순서가 온다오."

"먹을 자격요? 뭐 회사 사장, 회장, 교수, 의사 이런 사람들에게만 파나? 빵값이 뭐 금값이라도 되나? 재수 없게!"

"먹을 만한 사람에게는 꿀맛인데 빵에 욕심내는 이에게는 저주가 내린다고 했지. 아마 그래서 리랑 씨가 당신에게 빵을 안 주었을 거요."

"빵의 저주라니."

미라클은 갈수록 미궁에 빠져들었다. 커피 돌싱은 미라클이 배가 고픈 것 같아 따뜻한 우유를 커피에 따라주었다. 커피가 우유에 아름답게 스며들었다.

"참, 내일이 기회일 지도 모르겠군. 보름달이 뜨는 날이 아리랑 찐빵을 찌는 날이거든. 마을 사람들이 모두 모여 찐빵을 먹는 날이라오. 그때 슬쩍 하나 얻어 자실 수 있을지도."

'아리랑 찐빵!'

미라클은 아까까지 억울했던 마음이 싹 가셨다.

'내가 꿈에 그리던 그 빵! 그걸 다시 맛볼 수 있다고? 아직도 그 빵을 만들고 있다고?'

"오늘은 일찍 자고 내일 슬쩍 가봐요. 나도 찐빵과 곁들일 커피 원두를 로스팅하느라 삭신이 쑤시니까."

커피 돌싱은 하품을 하며 방으로 들어갔다.

“아참! 빵에 대해서 뭔가 아는 듯해서 말해주는데. 아리랑 제과점을 가만 보면 비법이 숨어 있어요. 그걸 찾으면 그 찐빵의 비법을 알 수 있다던데….”

두둥!

“오호라! 그럼 그렇지 비법이 있었군. 그 잘난 척하는 여자도 믿는 구석이 있으니.”

미라클은 음흉하게 웃으며 방으로 들어갔다.

“두고봐. 이 천재 베이커 미라클. 그 비법을 파헤쳐낼 테니까.”

아리랑 보름달 아리랑 찐빵

한 달에 두 번 음력 보름이면 리랑이는 새벽부터 바빴다. 마당에 있는 부뚜막을 청소해야 하고 가마솥을 꺼내어 광목으로 잘 닦아야 했다. 전날 양배추 총각이 챙겨준 장작을 부뚜막에 넣어 불씨를 지폈다.

불이 제대로 살아나면 우선하는 일은 팥 쑤는 일. 전날 돌과 낱알을 잘 고른 팥을 큰 가마솥에 부었다. 준비한 쌀뜨물이 끓고 있었다.

오늘 하루는 빵 화덕을 쉬게 한다.

"한 달에 두 번은 꼭 화덕을 쉬게 하거라."

아버지의 말씀. 화덕도 대지와 같아서 쉴 시간을 주어야 좋은 공기도 머금고 습기도 머금어 건강한 숨을 쉰다.

큰 가마솥을 꺼내고 장작을 옮기느라 몸은 힘들지만 찐빵을 찌는 날은 늘 가슴이 두근거린다.

아침부터 부산한 사람 또 하나 미라클.

아리랑 제과점의 돌담에 몰래 숨어 리랑이의 일거수일투족을 몰래 훔쳐보고 있었다.

정오가 되어 팥이 다 익어갈 때쯤 양배추 총각이 나타났다.

"리랑 씨, 팥 다 됐어요?"

"네. 시간 딱 맞춰 오셨네요."

"이날이 얼마나 기다리던 날인데요. 찐빵 먹을 생각에 어제 잠도 못 잤다니까요."

'도대체 무슨 빵이기에 저 무식하게 잠도 처잘 것 같은 녀석이 오매불망 기다리게 만드는 거야? 무슨 마약이라도 넣나?'

미라클은 이해가 가지 않았다.

'그나저나 다 필요 없고 비법만 나타나라. 제발….'

양배추 총각이 소매를 걷자 엄청난 근육질의 팔뚝이 드러났다. 팔뚝의 근육이 욱실거리면서 거대한 주걱으로 팥 가마솥을 저을 무렵 또 하나 나타난 이가 있으니 커피 돌싱.

"거, 되게 힘자랑하네. 요즘 무식한 애들이 몸만 좋고 근육 기른다고 뭐. 리랑 씨 애랑 놀지 마요. 리랑 씨 고운 품성에 이런 놈 끼어들어봤자 스크래치 나요."

커피 돌싱은 자신이 평소에 아끼는 LP 플레이어를 마당의 행상에 설치해놓았다. 마당의 입구와 좌우까지 성능 좋은 스피커를 서라운드 효과가 나도록 배치했다. 하이든의 현악 4중주 <종달새> 판을 돌렸다. 행상에 걸터앉아 어제 정성스럽게 볶은 커피콩을 그라인더로 갈고 있다.

"남자가 행상에 앉아서 콩이나 갈고 있고. 음악 틀어주는 거 그런 거 누가 못해요. 그런 걸로 여자들을 몇 명이나 꼬신 건지. 그 많다던 여자들이 여긴 왜 하나도 안 찾아오냐고요."

양배추 총각과 커피 돌싱이 리랑이를 가운데 놓고 티격태격하는 사이에 리랑이는 행상에 앉아 찐빵 반죽을 다듬었다. 커피 돌싱이 리랑이 가까이 다가가 그라인딩한 커피 한 줌을 코에 가져다주었다.

"이 정도면 우리 리랑 씨 찐빵에 어울릴 만하겠죠? 첫 향은 리랑 씨의 미소처럼 상큼하고 입에 닿으면 입술처럼 짜릿하며 목 넘김의 끝향은 눈망울처럼 따뜻하고 순수한…."

"아 정말… 그래요 황홀해요."

리랑이는 커피 향에 한동안 묻혀 하늘을 봤다.

"어 거기 10센티 더 리랑 씨 옆에 접근하면 이 팔 주걱 날아갑니다."

"저 봐. 저 봐. 분위기 파악 못 하고 힘만 쓰는 거."

양배추 총각이 근육질 팔을 욱신거리며 가마솥을 큰 무쇠 통에 쏟아부었다. 부글거리며 통통하게 잘 쑤어진 팥이 풍성했다. 팥의 고소하고 푸근한 향이 마당에 가득 풍겨왔다.

'내가 저 팥 익는 향기에 취해 여기를 떠나지 못한다니까. 고향보다 더 고향 같아.'

커피 돌싱도 잠시 눈을 감았다.

“두 분 이제 됐어요. 나머지는 제게 맡겨 주시고. 어여 돌아가 일들 보세요. 제가 오늘은 더 맛난 찐빵으로 보답할게요.”

리랑이는 양배추 총각과 커피싱글의 등을 밀어 돌담 밖으로 내보낸다. 두 남자는 갈 때까지 티격태격하며 사라졌다.

“아 이제 좀 마음을 가다듬고. 차분히 찐빵을 만들어 볼까.”

행상 위에는 찐빵 반죽, 팥소 등이 갖추어졌다. 리랑이는 마지막 준비를 위해 주방으로 들어갔다. 다시 나오는 리랑이의 가슴에는 작은 항아리가 안겨져 있다. 리랑이는 가슴팍에 안겨 있는 항아리를 쓰다듬으며 기도를 드렸다.

“아버지 도와주세요.”

이 모든 과정을 돌담에 숨어 지켜보던 미라클. 항아리를 보자 눈이 번쩍 뜨였다.

“앗! 저 항아리는!!!”

‘드디어 찐빵의 마법이 시작되는 것인가.’

리랑이는 찐빵 귀신의 엉덩이처럼 탄력 있게 부풀어 오른 반죽을 두 세 번 손으로 탁탁 쳤다.

“이 정도면 발효는 잘 되었고. 가스는 빼야지.”

찐빵 반죽을 둥그렇게 둥글리다가 항아리 한번 만지고, 다시 한소끔 식은 팥소를 주걱으로 다듬다가 항아리 뚜껑을 열었다. 이런 리랑이의 행동은 보면 볼수록 미라클은 미칠 것 같았다.

"아 궁금해 궁금해. 저 항아리에 뭐가 들어있는 거지?"

리랑이는 콧노래를 부르며 찐빵 반죽을 나누었다. 작은 손에 하얀 반죽, 이를 넓게 펴고 정성껏 쑨 팥소를 듬뿍 담아 살뜰하게 마무리. 이 모든 과정이 쿵짝짝 쿵짝짝 왈츠를 추듯 리듬을 탔다.

어느덧 해가 산으로 넘어가며 마을에 저녁놀을 선사할 무렵 보름달이 은은하게 등장했다. 동그란 빛을 마을에 뿌린다. 달빛에 영글어 가는 과실처럼 성형해둔 찐빵 반죽은 따사로운 빛을 받고 숙성되며 부풀어 올랐다.

"아… 드디어 다 되었어. 이번에는 먼 곳에서 찾아온 손님도 있으니 조금 더 만들어야지."

'멀리서 온 손님! 디게 쌀쌀맞게 굴더니 속으론 나를 생각하고 있었어.'

미라클은 혼자 실실 웃었다.

'이게 얼마 만에 맛보는 찐빵인가. 아리랑 찐빵. 너 살아 있었구나.'

미라클은 가슴이 뛰었다. 이산가족으로 30년 만에 헤어진 형제를 상봉하는 것보다 더 울컥했다.

빵 성형을 마친 리랑이는 일어나서 기지개를 켰다. 그리고 부뚜막으로 다가갔다.

커다란 가마솥을 열자 모락모락 김이 하늘로 올라갔다. 평상에 순백의 면포를 깔고 숙성시킨 찐빵을 하나하나 펼쳐가며 찌기 시작했다.

밤하늘에 보름달이 비추자 마을 사람들은 밭에서 들에서 아이들은 학교에서 놀이터에서 집에서 아리랑 제과점에 하나둘씩 약속이나 한 듯이 나타났다. 리랑이는 사람들을 하나하나 맞으면서 인사를 건넸다.

"어르신 안녕하셨죠? 지난번에 걸리신 감기는 다 나으셨어요?"

"응 우리 리랑이 찐빵 먹으면 감기는 뚝 떨어지지, 암에 걸려도 다 나을 거야."

"어르신도 참. 집에 두시고 하나하나 맛있게 드세요."

리랑이는 찐빵을 다섯 개씩 한 줄로 뚝뚝 떼어 1차로는 비닐에 싸고 2차로는 예쁜 한지에 쌌다. 가족이 많은 사람은 그 빵 무게가 무거웠고, 시골 혼자 사는 사람들은 적지 않게 맛있게 먹을 만큼 포장했다.

"어르신 내일 서울에서 가족들이 온다고 해서 충분히 쌌어요."

"에구 우리 아들딸들이 이 찐빵 맛보고 싶어서 집에 온다우. 찐빵이 없으면 아마 이 시골구석 지겨워서 오기나 할라구. 노친네는 쳐다보지도 않을 거야."

"어르신두, 아드님 내외분이 얼마나 다정하신 분인데요."

보자기에 큼지막하게 싼 찐빵을 가지고 노부부가 꾸부정한 뒷모습으로 돌아간다.

이렇게 마을 사람들은 자기 몫의 찐빵을 들고 기쁨에 겨워 돌아갔다. 푸짐하게 쪄둔 찐빵이 점점 사라지고.

'아 이러나가 이번에 찐빵도 못 먹는 거 아냐?'

미라클은 들어갈까 말까를 망설이고 있었다. 초조함은 찐빵이 사라지는 속도에 제곱 비례했다.

때마침 저기 멀리서 익숙한 얼굴이 다가왔다. 카스텔라 왕자였다. 미라클이 스리슬쩍 마당 안으로 들어가는 카스텔라 왕자에게 말을 걸었다.

"어이 카스텔라 왕자님."

미라클이 아는 채를 하자,

"아, 얼마면 돼 아저씨. 또 오셨네요."

"뭐? 얼마면 돼?"

"아저씨 소문 마을에 쫙 퍼졌어요. 그날 이후로 마을 사람들이 아저씨 그렇게 불러요. 얼마면 돼."

카스텔라 왕자는 손가락으로 빵을 가리키며 "얼마면 돼" 소리치던 미라클의 흉내를 내었다. 키득키득 웃는다.

"우리 카스텔라 왕자님 행차하셨사옵니까?"

"짐이 하루 종일 찐빵이 아른거렸소. 오늘 할아버지도 할머니도 선생님도 얼굴이 찐빵처럼 보였다오. 흐흐흐."

리랑이가 카스텔라 왕자의 찐빵을 싸고 있을 때 이때다 싶어서 리랑이 곁으로 다가갔다.

"이건 얼마면…."

한결 소심한 목소리로 미라클이 찐빵을 가리키자,

"얼마면 돼."

어느새 나타난 커피싱글이 뒤로 다가와 미라클 흉내를 내었다. 웃음이 터진 리랑이는 억지로 웃음을 진정하고 뾰로통한 표정으로 돌아왔다. 그리고 미라클을 다시 투명인간 보듯 무시했다. 미라클은 동네 사람들 가운데서 서성거리기만 하다가 빵 하나를 못 얻어먹었다.

그런데 미라클에게는 빵만큼 신경 쓰이는 것이 있으니 바로 아리랑 옆에서 오늘 하루 한시도 떨어지지 않는 작은 항아리.

'저게 빵의 비법이 담긴 항아리임에 틀림없어. 도대체 무슨 비법이길래 먹는 사람들을 이토록 목매고 기다리게 하냔 말이다.'

돌담을 바라보고 부르르 떨고 있는 미라클. 키우던 개를 데리고 밖으로 나가던 커피싱글과 마주쳤다.

'우리 해리에게도 몫이 있는데 쯔쯔 얼마나 개자식같이 굴었으면….'

커피싱글은 개와 미라클을 번갈아 보며 미라클에게 한심하다는 듯이 쳐다봤다. 그러자 옆에 있던 카스텔라 왕자가 미라클에게 다가갔다.

"짐이 마음이 쓰여 어리석은 백성에게 찐빵 하나를 하사하겠소."

찐빵 하나를 툭 던져주고 갔다.

"아 드디어 찐빵, 드디어 이 찐빵을!"

미라클은 정말 배고픈 백성이 임금이 내린 성찬을 받듯 땅에 엎드려 절을 했다.

"성은이 망극하옵니다. 으흐흑."

미라클은 찐빵을 보름달을 향하여 번쩍 들어 올렸다.

'이 찐빵! 이 순간을 얼마나 기다렸는가.'

....

먹고 있는데 또 먹고 싶다

미라클은 두 손으로 고운 찐빵을 감싸 안고 입으로 가져갔다. 고운 찐빵이 미라클의 입속으로 들어간다.

"우앗 이 맛은!!!"

미라클은 눈알이 튀어나올 것 같았다.

"빵 살이 포근하게 입술을 감싸 안아. 그리고 나서 부드럽게 혀를 다독이는 팥소의 등장. 통팥을 지긋이 씹으면 숨겼던 사랑이 터져 오르듯이 팥소가 전혀 달지 않아 그런데도 벅차오르는 달콤함은 빵 살이 목을 촉촉이 적셔주며 어머니가 불러주는 자장가처럼 은은하게 사라져가고 있어."

미라클은 두 입에 찐빵을 삼켜버렸다.

'아 먹고 싶다. 먹고 있어도 먹고 싶다. 먹고 싶어서 미칠 것 같다. 이게 바로 궁극의 빵이라는 것인가? 내가 이제껏 만든 것은 빵이 아니고 무엇이었냔 말이다.'

한동안 잊고 있었던 빵에 대한 열정이 부르르 끓어올랐다.

"단순히 어렸을 때 먹던 아리랑 찐빵이 아니야. 진화했어. 그것도 아주 멋지게 진화했어. 그 옛날 찐빵이 애벌레였다면 이건 오랫동안의 어둠을 거쳐 껍데기를 벗은 나비 같아."

미라클은 아리랑이 찐빵을 만드는 모습을 다시 하나하나 회상했다. 양조장에서 대를 이어 사용한 누룩. 누룩의 천연효모의 힘으로 밀가루의 전분이 정밀하게 분해된다. 팥은 또 어떤가. 할머니의 밭에서 사계의 햇볕을 받고 그 힘으로 눈비를 이겨낸 팥. 바람과 구름의 소리를 음악처럼 듣고 자라 곱게 곱게 차오른 알맹이들. 한 알 한 알에 통통히 팥의 감칠맛이 담겨 있다. 은은한 단맛과 기분 좋은 쌉싸름함의 조화. 계피 향 피어오르는 향긋함. 굳이 물엿을 철철 붓지 않아도 설탕으로 당 처리를 하지 않아도 기분 좋은 달콤함이 묻어져 나왔다. 제빵용으로 들어오는 팥소와는 비교가 되지 않았다.

"기분 좋은 팥소다."

미라클은 아리랑이 찐빵을 만드는 모습을 가만히 되새겨보았다. 손에 오롯이 담길 정도로 팥소를 돌돌 뭉친 다음에 밀가루 반죽을 입혔다. 빵을 만든다기보다는 만두를 빚듯이. 얇은 빵 살, 고운 팥을 안고 얌

전하고 기분 좋게 입으로 가져다주는 꽃가마 같다고 할까.

'이 찐빵은 하얀 웨딩드레스와 베일에 가린 신부 같아. 먹는 사람들은 이 고운 신부를 맞이하는 거야. 입속으로 들어가 첫날밤 그 속의 아름다움을 펼치듯 그 찐빵을 먹는 사람은 아름다운 신부를 맛보며 최고의 오르가슴을 느끼는 것이지.'

'이건 섹스와 같아. 한번 맛보면 환희에 차오르며, 한번 빠지면 헤어나올 수 없는 맛. 오르가슴이야. 그래서 사람을 기쁨으로도 나락으로도 빠지게 하는 빵.'

그녀가 만드는 모습을 훔쳐봤기에 어느 정도 흉내는 낼 수 있을 것 같았다. 그런데 뭔가 자신이 모르는 배합법이 있었다.

'저 항아리에 그 비법이 담겨 있겠지. 어떻게든 무슨 수를 써서라도 저 항아리를 빼내 와야 해. 그러기 위해서는 아리랑에게 더 가까이 접근하는 수밖에!'

그녀의 꽁꽁 닫힌 문을 풀 수 있는 것은 돈이 아니었다. 그녀에게 다가가는 방법은 그럼 무엇이 있을까…. 술주정 할배는 술을 주었고 쭈글쭈글 할매는 팥을 주었으니. 모두 자기만 줄 수 있는 가장 중요한 것들을 주고 있었어.

그럼 나에게는 무엇이 있을까? 나만이 줄 수 있는 가장 중요한 것.

....

눈에는 눈 빵에는 빵

미라클은 차분히 앉아서 전략을 정비했다. 그리고 태도와 말투부터 바꾸기로 했다.

'나의 빵에 세상 모든 여자들이 넘어오고 나의 디저트에 세상 모든 여자들이 황홀해했지! 암 나야 미라클! 눈에는 눈 빵에는 빵으로!'

"사장님 저 주방 좀 쓸게요."

미라클은 커피 돌싱에게 양해를 구하고 주방에 들어섰다. 다행히 빵을 구울 만한 오븐과 반죽을 치댈 원목 조리대가 마련되어 있었다. 빵을 만들 재료는 준비해온 것이 있었다.

"음 저 녀석이 작전을 세운 모양이군."

커피 돌싱은 점점 미라클과 아리랑의 미묘한 갈등이 재미있어졌다.

미라클은 트렁크를 열어 귀하게 공수한 프랑스 밀가루와 노르망디 산 최고급 발효 버터를 꺼냈다.

"자 미라클의 신화, 전설의 크루아상을 만들어볼까."

미라클은 빵을 만들 때, 특히 크루아상을 만들 때 마음이 설렜다. 자신이 가장 많이 만든 빵이지만 또 자신이 가장 많은 실수를 할 수 있는 빵이기도 했다. 우선 밀가루에 물을 넣고 반죽을 치댔다. 반죽이 숙성될 동안 버터를 밀었다.

"내가 지금 이 버터를 밀 군번은 아니지만…."

미라클 제과점에는 최첨단 롤링 시스템이 있었다. 용량만 잘 맞추면 버터가 밀에 잘 스며들게 그 두께도 일정하고 정교하게 잘 밀어낼 수 있었다.

'기계로 하는 동안 손으로 빵을 만들던 그 감촉을 잊고 있었구나.'

미라클은 숙성이 된 반죽을 롤링핀으로 납작하게 밀었다. 그리고 그 위로 버터를 겹쳐 올렸다. 접고 다시 밀고 접고. 크루아상은 반복의 미학이다. 그리하여 겹겹이 아름다운 빵으로 태어난다. 삼각형으로 자른 반죽을 동그랗게 말았다. 이때가 크루아상에 생명력을 넣는 시간이다.

'정교하게 계산된 각도로, 일도만 흐트러져도 그 아름다운 결을 놓칠 수 있어.'

미라클은 정성을 다했다. 그리고 예열된 오븐에 넣었다.

'제 아무리 아리랑이라도 내 크루아상에는 못 이길걸. 그 무쇠 인간

같다는 조 회장도 껌뻑 넘어간 빵인데!'

까만 밤 창밖에는 별이 빛났다. 마을 사람들 모두 잠들 무렵 깨어 있는 사람은 미라클 그리고 아리랑 둘뿐이었다.

버터플라이 날아올라요

찐빵을 모두 다 나누어주고 아리랑은 뿌듯했지만, 한편으로는 허전한 마음을 달랠 수 없었다. 사람들에게 둘러싸이면 그 누구보다 해맑게 웃고 즐거웠지만 마을 사람이 돌아가면 또 그렇게 혼자 남는 시간이었다.

"내 곁에만 머물러요, 떠나면 안 돼요… 그리움 두고 머나먼 길…."

아리랑은 창밖을 보며 혼자 노래를 부르다가 눈물이 떨어졌다.

'아버지, 찐빵을 먹으면 사람들이 행복하대요. 그러면 저도 행복해져요. 그런데 잘 모르겠어요. 왜 이렇게 눈물이 나는지. 행복이 뭘까요. 행복이 과연 있기는 한 걸까요?'

리랑이는 무릎을 손으로 껴안고 가마 옆에 기대어 잠이 들었다.

다음날 꼭두새벽. 탕탕탕!

"문 열어봐요."

미라클이 크루아상이 완성되자 정신없이 들고 아리랑 제과점으로 달려왔다. 소란스러운 소리에 깨난 리랑이. 눈을 비비며 비몽사몽 문 쪽으로 걸어갔다.

"아침부터 웬 난리예요. 아 거참 여러 가지로 귀찮은 사람이네."

리랑이는 달콤한 새벽잠을 깨운 미라클이 못마땅했다.

"자 갓 빵, 갓 빵. 크루아상은 갓 빵이라야 돼요!"

미라클은 금방 구운 크루아상 한 바구니를 아리랑에게 쑥 내밀었다. 아직도 꿈속을 헤매는 리랑이.

"아 향긋해…."

코끝으로 들어오는 빵의 향기에 슬슬 이끌려 현실로 돌아오고 있었다.

"먹어봐요, 지금쯤 일어나는 것 같아서 시간 맞춰 구웠으니. 크루아상은 갓 구운 게 최고라고. 꼭 식기 전에 맛봐요."

미라클은 바구니를 리랑이의 가슴에 쑥 들이밀고 돌아서 바로 뛰어나왔다.

"별 미친놈을 다 봤나."

뭐라고 혼잣말을 막 하고 황급히 돌아가는 미라클을 보고 리랑이는 어이가 없었다. 그런데 따끈한 빵 바구니에서 밀려오는 빵 향기. 따끈따끈한 온기를 품은 빵에서 고요한 숨소리가 들리는 듯했다.

'보동보동보동.'

그 숨소리에는 은은한 버터 향이 피어올랐다.

리랑이는 고고하면서도 다정한 향기에 이끌려 빵 바구니를 품고 안으로 들어왔다. 여린 듯 우아한 빵 향기가 어느새 공간을 가득 채우고 있었다. 지난밤의 힘든 꿈을 다독여주는 위안. 엄마와 아빠의 사랑에 찬 눈빛이 순간 스치듯. 그 안에서 꺄르르 웃던 자신의 어린 시절이 떠올랐다.

리랑이는 아침 해가 가장 예쁘게 드는 테이블에 앉아 크루아상 하나를 집어 들었다.

"이건 무슨 빵일까. 흘러내리는 곡선 너무 아름다워."

어린 시절부터 무릉리에서 빵을 구우며 살았기 때문에 이렇게 아름답게 생긴 빵은 처음이었다.

"활짝 핀 새벽 장미처럼 통통하네. 빵은 통통하게 생겼지만 손에 들어보니 와~ 가뿐해 날아갈 것 같아."

리랑이는 손에 크루아상을 잡고 비행기처럼 슈우웅~ 날아 보인 후 입으로 가져갔다.

"아웅~!!!"

바삭, 하고 입술에서 바스러지는 촉감.

"아 맛있어. 세상에 이런 빵이 있다니."

리랑이는 바삭거리는 소리에 눈이 번쩍 뜨이고 완전히 잠이 깨었다.

코끝으로 버터 향이 따뜻하게 올라온다. 한입을 더 물었다.

'겉은 바삭한데 속은 촉촉하다. 이 말캉말캉 씹히고 목으로는 버터의 향이 감돌아. 이런 게 바로 행복의 맛이라는 걸까요?'

빵의 속모양은 그야말로 신비로웠다. 화려하게 날아오르는 나비의 날개처럼.

'풍요로운 버터 향, 아 버터플라이, 날개가 돋쳐 날아가는 것 같아.'

빵을 다 먹는 동안 리랑이는 나비의 날개를 달고 아침 하늘로 날아오르고 있었다.

이 장면을 멀찌감치에서 지켜보는 사람이 있었으니, 미라클이었다. 창밖으로 리랑이가 크루아상을 먹는 모습이 보였다. 물론 맛있다고 할 것은 당연하다고 생각했지만 뭐 저렇게 눈물까지 흘리며 춤출 것까지는 없는 거였다.

'도대체 저 여잔 뭐야! 무슨 사연이 있는 건가.'

측은한 마음이 들었다. 살면서 딱 한 번 안아주고 싶은 사람이 생긴 듯했다.

카스텔라 왕자의 부탁

아침에 카스텔라 왕자님이 아침을 먹으러 왔다. 리랑이는 왕자의 아침을 챙겨주면서 크루아상 몇 개를 손수건에 쌌다.

'이 빵을 먹을 수 있다면 누구나 혼자라는 차가운 방에서 나올 수 있어.'

그날따라 카스텔라 왕자가 자신의 옛 모습 같아 마음이 아렸다.

"왕자님, 오늘은 특별한 빵이 있어요. 선물로 드릴게요. 초승달처럼 생긴 빵이에요."

"아 그럼 학교 끝나고 숙제한 다음에 밤이 되면 먹어야겠네요."

"후훗, 그래도 좋고요. 맛있을 거예요."

카스텔라 왕자는 빵을 들고 학교로 떠났다.

"맞다! 오늘 저녁에 엄마가 오시는데 그럼 엄마께 선물로 드려야지. 달 따서 엄마에게 드리는 거라고."

아이는 그 빵을 소중히 안고 있다가 옆길에 하늘하늘 피어있는 코스모스를 땄다.

그날 밤, 아리랑 제과점에 쾅쾅쾅, 문을 두드리는 사람이 있었으니.

"오늘은 아침저녁으로 무슨 난리래? 또 그 얼마면 돼? 빵값이라도 받으러 온 걸까."

아리랑은 뽀로통해져서 문을 열었다. 그런데 문을 두드린 것은 다름 아닌 카스텔라 왕자님이었다. 집에서 뛰어서 왔는지 이마에 땀이 송글송글 맺혀 있었다.

"빵 이모, 빵 이모. 오늘 아침에 준 그 초승달 빵, 내일도 구워 줄 수 있어요?"

"내일도…?"

리랑이는 난감했다.

"꼭이요, 꼭. 이모. 오늘 엄마께 그 빵 하나를 드렸더니 너무너무 맛있데요. 그래서 제가 이모 자랑을 막 했거든요. 그러니 엄마가 내일 아침 먹으러 같이 가재요."

왕자는 신이 나서 숨도 안 쉬고 말했다.

"엄마가 저랑 같이 아침 먹을 수 있대요."

왕자의 엄마는 서울 유명대학의 교수님. 아들을 시댁에 맡기고 주말에만 찾아왔다. 지성직이고 얼굴도 아름나워 방송과 강연으로 연예인 못지않게 인기가 많았다. 일요일에 잠시 내려와 아이를 보고 월요일 새벽 비행기로 서울로 돌아가곤 했다.

"와 정말요? 왕자님 어머님··· 아, 그러니까 왕비마마께서요?"

"그렇다네. 내일 아침 왕비마마가 행차하시니 그 빵을 제발 구워주시게."

아이는 이내 왕자의 목소리로 돌아갔다.

"아 근데 있잖아요··· 그게···."

그녀가 말을 못 하고 망설이는 동안 왕자는 다시 한껏 신이 나서,

"그럼 내일 아침에 눈 뜨자마자 올게요."

왕자가 이렇게 환하게 웃는 모습은 처음 봤다.

'이렇게 웃는데 내가 구운 빵이 아니라고, 내가 구울 수 없다고 차마 말할 수가 없어.'

그러고 카스텔라 왕자는 다시 숨을 헐떡이며 집으로 뛰어 돌아갔다. 사라져 가는 왕자를 보며 우두커니 서 있는 아리랑.

"대답은 했는데. 이를 어쩌지."

크루아상은 들어보기만 했지 한 번도 만들어 본 적이 없었다. 아니 구울 수 있을지라도 그처럼 훌륭하게 흉내도 내지 못할 것 같았다.

'왕자님을 실망시킬 수는 없어. 그 예쁜 아이가 나처럼 슬픔에 빠지게 하기는 죽어도 싫은데.'

"얼마면 돼한테 부탁해봐?"

자존심이 상했다. 또 한편으로는 걱정되기도 했다.

'그렇게 무시했는데 내 부탁을 들어줄까?'

서성거리다가 망설이다가 아리랑은 용기를 내었다.

'왕자님이 저렇게 기대하는데 이번 한 번만….'

....

저 여자는 불감증

같은 시간 게스트하우스. 혼자 침대에 누워 있는 미라클. 천장에서는 그 찐빵만 왔다 갔다 했다. 천장의 여백을 종이 삼아 레시피를 쓰고 지우길 백 번. 그러다 벌떡 일어났다.

'도대체 이 여자는 크루아상을 먹은 거야 만 거야? 내 빵을 먹었다면 가만 앉아 있지는 못할 텐데.'

미라클은 궁금하다가 이제는 초조해지기까지 했다. 당장 달려와 빵이 맛있다고 할 줄 알았는데…. 일이 바빠서 그건 못 했다 치고, 그럼 오후 3시쯤 잠시 쉴 때, 그때도 아니면 저녁에 마무리하고 문 닫기 전에….

"딸깍!"

아리랑 제과점에 불이 꺼졌다.

"허걱! 이런 이 여자 혹시 불감증 아니야? 뭐 빵 만든다는 여자가 미각이 이래?"

미라클은 이제 초조해졌다. 아 크루아상으로도 아리랑의 마음을 열지 못했다. 그럼 아리랑 제과점에 들어갈 수 있는 방법은 아예 없어지는 것이었다.

'이대로 끝장인 건가.'

그때. 탕탕탕!

'혹시!'

달려나가려다가 마음을 진정시켰다.

"워워. 정신 차려 미라클. 진정. 진정. 문 두드린다고 바로 나가? 폼 안 나게!! 자 릴랙스. 릴랙스. 나갈 타이밍 아냐."

미라클은 방문에 귀를 대고 밖에서 무슨 소리가 나는지 촉을 세웠다.

밖에서 커피 돌싱과 아리랑으로 추정되는 한 여인이 속닥거리고 있었다. 그리고 삐걱 이내 문이 닫혔다.

"어? 뭐야? 나 찾아온 거 아냐? 그냥 이대로 가버리는 건가?"

미라클은 심장이 쫄깃해졌다.

"이건 아닌데."

여전히 문에 귀를 대고 있는데 싸, 하고 조용해졌다.

그러다 갑자기, 쿵쿵쿵 쿵쿵쿵쿵쿵. 미라클의 방문을 두드리는 사람이 있었다. 주인 커피 돌싱이었다. 미라클은 아무 일도 없었다는 듯이, 침대에서 쉬고 있었다는 듯이 간격을 두고 표정을 가다듬고 방문을 열었다.

"무슨 일이시죠?"

"아 쉬시는데 죄송해요. 다름이 아니고…."

커피 돌싱도 망설이면서 이야기했다.

"옆집 빵집 아가씨가 간곡히 부탁하는데…."

'예스! 그럼 그렇지. 걸려들었다!!!'

미라클은 속으로 쾌재를 불렀다.

"내일 새벽까지 크루아상을 더 구워줄 수 있냐고?"

"아니 그렇게 간곡한 부탁이라면 직접 찾아와서 부탁을 하는 것이… 그렇게 사람 무시해놓고, 자기 빵은 하나도 안 주면서… 무릎을 꿇고 사죄도 하고 빵이 얼마나 맛있었는지 감동도 하고 뭐 그 정도 돼야 해줄까 말까…."

미라클의 대답에 커피 돌싱도 고개를 끄덕거렸다.

"그렇지? 안 되겠지? 그럼 안 된다고 전해…."

미라클이 얼마나 창피를 당했는지 자기도 알기 때문이다. 커피 돌싱이 돌아서서 나가려고 하자,

"아 잠깐 잠깐!!! 빵이란 자고로 은혜로운 음식, 뭐 제가 넓은 아량으로 빵이 무엇인지를 좀 알려줘야지요."

커피 돌싱은 좀 놀랐다는 듯이 미라클을 바라보며 지긋이 웃었다.

"고마워요. 그럼 그렇게 전하리다."

커피 돌싱은 자신의 부탁이라도 들어주는 듯이 미라클의 손을 잡고 몇 번 다독거렸다.

"야호! 아싸! 예스!"

미라클은 밖으로 들리지 않을 정도로 쾌재를 불렀다.

그리고 커피 돌싱이 1층으로 내려가기도 전에 빛의 속도로 가로지르며 밀가루와 버터를 챙기고 밖으로 달려나갔다.

"하, 저 총각 지금 몇 신데…."

미라클은 딱 한 생각밖에 없었다.

'문이 열린다. 드디어 나에게 문이 열려. 신이시여 저를 저버리지 않으셨군요.'

정낭 세 개가 걸려있는 아리랑 제과점. 그는 돌담을 가뿐히 뛰어넘었다.

....

둘이서 별밤 반죽

탕탕탕.

한밤에 정적을 깨는 아리랑 제과점 문소리.

"뭐 원하시면야 크루아상을 구워 드릴 수야 있지만…."

어이없게 쳐다보는 리랑이.

"아시다시피 빵의 생명은 반죽이고, 보시다시피 저 집엔 반죽할 곳도 마땅치 않고. 밤새 소란을 피운다고 어찌~나 구박을 하는지. 빵 다시 했다간 쫓겨날 판이어서…."

미라클은 어물쩍 아리랑을 밀치고 안으로 들어갔다.

"빵은 구워내는 시간이 생명이란 거 잘 알죠?"

빵에 대해 이야기를 꺼내니 리랑이도 닫혔던 마음의 빗장이 어느덧 하나둘 풀리기 시작했다.

“굽고 한참 있으면 아무리 빛깔 나게 구워도 눅눅 축축 저릿저릿.”

새벽은 고요하고 밤하늘엔 창으로 별빛이 밝았다. 순간 미라클은 달빛이 리랑이의 웃음을 닮았다고 느껴졌다.

그는 품에 지니고 온 프랑스 밀가루를 풀어 반죽을 쳤다. 리랑이의 작업대에 올려있는 투명한 유리병에는 맑은 산속에서 길어온 물이 있었다. 물은 밀과 함께 순수하게 섞였다. 반죽을 완성하고 동그랗게 만들어 숙성을 시킨 후 이어서 버터를 밀었다. 그리고 아담한 판 모양으로 쳐냈다. 이런 미라클의 모습을 옆에서 보고 있는 아리랑. 나무 의자에 앉아 무릎을 쥐고 고요히 바라보고만 있었다.

그녀의 얼굴에 자신도 모르게 초승달 같은 눈웃음이 어렸다.

‘늘 혼자이던 시간이었는데.’

이 시간에 누구와 함께 있다는 것이 믿어지지 않았다. 째깍째깍 시계소리와 대화를 하고 부엉이 울음소리가 친구 같았던.

“아 그리고 거 혼자 밥 먹지마요. 청승맞게. 혼자 밥 먹으면 병 걸리는 거 몰라요. 고식증이라고.”

반죽이 숙성되기를 기다리는 동안 미라클은 리랑이에게 몸을 돌려 말을 걸었다.

“거식증은 들어봤어도 고식증은 첨이네요. 무슨 그런 병이 있어요? 지어낸 거죠?”

“허 이거 몰라도 너무 뭘 모르시네. 거식증이야 맛난 빵만 들이대면 고칠 수 있어요. 그런데 고식증이라는 거. 혼자 고독히 밥 먹다가 쥐도 새도 모르게 죽어가는 거. 이거야말로 금세기 가장 처절하게 죽어가는 병이라고요. 한번 이 병에 들면 수술도 안 되고 약도 없고, 치명적이지."

'고식증… 그러고 보니 내가 누구의 빵을 챙겨주긴 했어도 내가 밥을 먹을 때 지켜준 사람은 없었구나.'

리랑은 늘 툴툴거리듯 말하는 미라클이 못마땅했지만, 한편으로는 자신을 이해해주는 사람 같았다. 같이 베이커의 길을 가는 동반자 같다는 생각도 들었다.

'이 밤에 내 옆에 있던 사람은, 나와 함께 작업대에서 반죽을 하던 사람은… 아빠 말고는 없었어.'

숙성이 다 된 반죽을 들고 미라클은 크루아상의 모양을 하나하나 잡아갔다.

"그렇게 보고만 있을 거예요? 이리와봐요."

리랑이는 엉거주춤하면서도 미라클이 있는 작업대로 다가갔다.

"자 이제 이 반죽을 예쁜 이등변 삼각형 모양으로 잘라요. 그리고 이걸 손가락으로 또르르 말면."

미라클이 하는 것을 보고 삼각형으로 생긴 반죽을 돌돌 말아가는 리랑이. 아무리 빵집 딸로 태어난 모태 베이커였지만 처음 만드는 빵에는 손이 바르르 떨렸다.

"어어어, 거참. 삐뚤삐뚤하잖아. 자 이렇게. 무슨 여자가 이렇게 섬세함도 없어.”

“으이씨!”

리랑이도 자신이 한심했는지 짜증을 냈다.

“자, 이렇게, 이렇게 천천히 감아가란 말이에요.”

미라클은 아리랑의 뒤로 가서 손을 감싸 안으며 반죽을 돌려주었다.

“어맛…!”

손끝에서 전기가 올라 깜짝 놀란 리랑이. 손을 뺐다.

‘뭐야 이 아가씨. 남자 손 처음 잡아보나? 보기보다 더 순수한데….’

서울에서 잘나가는 여배우, 걸그룹, 부잣집 딸 등 미라클을 만나지 못해 안달하는 사람들이 있었다. 미라클이 웃기만 해주면 자신이 가진 것을 다 내어줄 듯 넘어오는 여자들. 그런 여자들에게도 하룻밤이 지나면 실증을 내던 자신이었다. 미라클은 자신에게 연애의 욕구가 없는 줄 알았다. 그런데 이게 뭔가.

‘이런 촌스러운 아가씨에게 마음이 끌려? 내가? 미라클이?’

시골 아가씨의 순박함에 스스로 빨려 들어가는 자신이 웃기고도 어이가 없었다.

두 사람이 성형한 크루아상이 봉긋하게 숙성되었다. 미라클은 붓을 들어 노른자 물을 반죽 위에 살짝 발랐다. 이제는 화덕에 들어갈 시간. 크루아상은 화덕 안에서 불빛을 받아 노릇하게 구워지고 새벽 창으로는 여명이 비쳐왔다. 미라클은 피곤했는지 화덕 옆에 기대었다가 꾸벅

꾸벅 졸고 있었다. 리랑이는 그런 미라클을 바라보며 한참을 있었다.

“숨 쉬는 동안 훅, 하고 들어오는 거, 이게 바로 행복이라는 감정이구나.”

본능적으로 이 남자를 잡고 싶었다.

‘가지 말라고 하고 싶어 내 옆에 있어 달라고….’

....

크루아상 데이

아침이 밝자 탕탕탕, 아리랑 제과점 문을 두드리는 사람. 옆에서 덩달아 졸던 아리랑이 눈을 번쩍 떴다.

"아! 빵!!!"

리랑이는 문 두드리는 소리에 화들짝 놀라서 화덕을 쳐다보는데 이미 미라클이 하나하나 소중하게 빵을 꺼내고 있었다.

"무슨 베이커가 그렇게 무책임해요. 빵을 불에 넣고 세상이 잠이 오나 잠이. 거기다가 침까지 흘리고."

리랑이는 손으로 입을 쓱 훔치고는 멋쩍어서 미안하다고도 고맙다고도 못하고 서성거렸다.

"탕탕탕, 빵 이모 지예요. 저. 이리 오니라요."

"어머 왕자님이 올 시간이네."

리랑이는 거울을 보고 머리를 다듬고 문으로 나갔다.

"이모, 이모. 우리 엄마예요. 예쁘죠?"

왕자는 한 여자를 손으로 끌고 들어왔다.

말로만 듣던 카스텔라 왕자님의 어머니, 그러니까 콩팥 할매의 며느리였다. 국내 유명대학의 교수님, 듣던 대로 우아하고 세련된 외모였다.

"안녕하세요. 아리랑 제과점 아버님께 말씀만 많이 들었어요. 빵이 참 맛있다고. 이제야 와보네요."

왕자의 엄마는 시원치 않은 시골 동네 빵집이겠거니 했는데 안을 둘러보며 흠칫 놀라는 표정이었다. 아늑한 실내, 원목 테이블, 품격 있는 소품들.

"아, 왕비마마."

리랑이는 왕자라는 말이 입에 배어서 무의식 결에 왕비마마라고 부르고 말았다.

"어머… 왕비마마라니요. 호호호. 그래도 그런 소리를 들으니 기분이 좋은데요."

세련된 스타일에 올림머리, 얇은 뿔테 안경을 쓴 모습에 우아함이 느껴졌다. 하얀색 블라우스 덕에 하얗고 뽀얀 피부를 더욱 부각되었다.

'같은 여자인데 나랑 참 다르구나. 우아하고 지적이고 사랑스러워.'

리랑이는 자신의 모습이 순간 부끄럽게 느껴졌다.

"늘 우리 아이 아침도 챙겨주신다구요. 이 은혜를 어찌 갚아야 할지. 고마워요."

리랑이는 수줍어서 얼굴도 똑바로 보지 못했다. 정말 왕비마마 앞에 있는 수라간 여인 같았다.

"왜 그 소라, 아니 초승달 빵 있죠?"

카스텔라 왕자는 리랑이 앞치마를 잡고 졸랐다.

"얜, 초승달 빵이 아니라, 그건 크루아상이란 거야. 할아버지 할머니 옆에서 자라니 애가 이런 걸 못 배워요."

며느리가 창피하다는 듯 리랑이를 바라보며 미소를 지었다.

리랑이가 왕자와 엄마를 맞이하는 동안 미라클은 접시에 갓 구운 크루아상을 담아 준비해 주었다. 그리고 옆에 커피 돌싱이 남기고 간 원두로 커피를 내려준다.

"보아하니 시골 사람들은 아닌 거 같으니. 아침에 크루아상은 커피랑 잘 어울려요. 이렇게 가져가봐요."

"고… 고마워요."

그녀는 미라클에게 처음으로 고맙다고 말했다. 화사하게 웃는 리랑이가 미라클은 사랑스러웠다.

리랑이는 미라클이 챙겨준 빵과 커피를 테이블로 가져다주었다. 아이는 엄마와 함께 아침을 먹는다는 사실로 이리저리 뛰어다니며 신나 했다. 아이의 엄마는 먼저 커피 잔을 들고 우아하게 커피 향을 맡았다. 그리고 빵을 들어 입으로 가져갔다.

바삭!

"아니! 이 맛은!"

그 침착하고 우아하던 아이 엄마가 입을 떡 벌리더니 숨이 멎는 것 같았다.

'이건 내가 프랑스 유학 시절 맛봤던 그 맛!'

엄마는 한입 베어 문 크루아상을 이제는 커피에 폭 찍어 한입 그대로 넣었다.

'파리의 100년 넘은 아티장 베이커리의 클래식함과 고급스러움 그대로야!!!'

서울에서도 유명 베이커리를 돌며 찾으러 다녔지만 늘 아쉬웠던 크루아상.

"제가 이 맛을 얼마나 찾았는지 몰라요. 서울에서도 찾지 못해 서운했는데 여기서 발견하다니!"

"그죠 엄마? 우리 리랑이 이모 빵 최고죠?"

크루아상 며느리는 그간의 우아함과 고아함을 다 깨고 허겁지겁 와구와구 크루아상을 먹었다. 입술에 크루아상 가루가 묻었다. 그리고 마지막 접시에 남은 빵 부스러기까지 모아 아이처럼 혀로 핥아먹었다. 그리고 목이 막히는지 커피로 목을 적셨다.

'내 생에 가장 아름다웠던 시간, 파리 유학 시절. 그때 나는 꿈과 낭만으로 가득 찼던 여인이었는데. 몽마르트르 언덕의 노천카페. 그때는 무언가 꿈꾸면 모두 이루어질 것 같았어. 그리고 이 크루아상이 내 꿈

의 날개가 되어주었지.'

크루아상 며느리는 빵 한 조각에 자신의 처녀 시절로 돌아간 기분이었다.

"저 화덕 불 조절 어떻게…."

그때 화덕에 장작을 넣느라 까만 재가 묻은 얼굴로 미라클이 나타났다. 정적이던 빵집 안에 사람들 시선이 모두 미라클에게 쏠렸다.

"앗! 얼마면 돼 아저씨~"

카스텔라 왕자가 웃으며 인사했다.

"얼마면 돼 아저씨?"

크루아상 며느리도 따라 쳐다보았다.

"어머!"

아이 엄마는 숨넘어갈 듯 놀라 벌떡 자리에서 일어났다.

"어머, 어머어~머! 혹시, 미라클 셰프님 아녜요?"

크루아상 며느리는 자신이 아직 꿈속을 걷는지. 눈을 손등으로 비비고 다시 쳐다보았다.

'이런 깡촌에 미라클 셰프가 있을 리가 없어.'

그런데 틀림없이 그다. 미라클 셰프다! 헝클어진 머리에 까만 얼굴이 재투성이었지만 그 훤칠한 키와 조각 같은 이목구비를 감추지는 못했다.

"어머 맞죠? 미라클 셰프님."

"아아… 안녕하세요."

멋쩍어 하는 미라클을 보며,

"어머 어떻게 맞나봐. 맞나봐. 요즘 TV 너무 잘 보고 있어요. 저 왕팬인데. 커피도 미라클 셰프님이 광고하는 커피만 마셔요."

미라클은 어쩔 줄을 몰라하며 머리만 긁었다.

"이런 깡촌엔 어떻게… 아 혹시 뭐 예능프로 찍으시나? 시골 빵집, 자연에 산다, 이런 거요?"

"하, 그건 아니고요."

그런 두 사람을 보며 놀란 것은 아리랑이었다.

'아 이 사람이 유명한 사람이었나?'

"엄마 이 아저씨 알아? 얼마면 돼 아저씨?"

"어머 얘 좀 봐. 얘가 할머니 할아버지 옆에서 자라 버릇이 없어요. 이분이 얼마나 유명한 분인데. 세계적으로 유명한 셰프님, 환상의 빵과 디저트를 만드는 미라클 님이셔. 인사드려, 어여."

크루아상 며느리는 우아하던 모습이 언제였나 싶게 스타를 보고 환호를 지르는 여고생 같았다.

"아… 안녕하세요. 얼마면 돼 아니 미라클 아저씨."

"아저씨가 아니라 셰프님."

아이는 엄마가 시키는 대로 꾸벅하고 인사를 했다.

"셰프님. 오늘은 땅에 떨어진 빵 안 주워 먹죠?"

"하아… 녀석 귀엽긴…."

안절부절하는 미라클, 아이의 머리만 쓰다듬었다.

크루아상을 와구와구 먹던 그녀, 스타 앞에서 환호성을 지르던 여고

생의 모습에서 며느리는 제정신으로 돌아오는 듯했다.

"아, 어쩐지 이 크루아상 맛이 대단하다고 생각했어요. 역시 미라클 셰프님의 작품이었군요."

다시 우아한 교수의 자태로, 한 손으로 크루아상을 높이 치켜들고 보석을 보듯 감상을 했다.

"별말씀을요, 맛있게 드셔주시니 감사합니다."

"그런데 왜 이런 깡촌에는…."

"비법을… 아니, 아니."

순간 속마음이 나타낸 미라클. 아차 싶었다.

"그게 여기가 제 고향이라…."

미라클은 당황한 어조로 얼버무렸다.

"어머 어머 그러셨구나. 영광이에요. 여긴 저희 시댁이 있어 종종 찾아오거든요. 저랑 사진 한 장만!!!"

여교수는 다시 호들갑을 떨며 미라클의 옆에 바싹 다가갔다. 그리고 아이를 끌어들여 세 명이 인증샷을 찍었다.

옆에서 이를 멍하니 또 재미있다는 듯이 웃으며 지켜보던 아리랑.

'아 이 사람 어쩐지 낯이 익다 했어. 여기가 고향이었구나.'

"와 반가워요. 저 이제 자주 올게요. 아침에 셰프님이 직접 구워주신 크루아상을 먹다니 오늘 완전 계 탄 날이에요. 호호호. 인생의 크루아상을 만났어요. 너무너무 영광이에요."

빵을 맛있게 먹고 엄마와 함께 문을 나가던 키스텔리 왕자는 뒤로 돌아보며 아리랑에게 윙크를 보냈다.

"엄마 또 온대요."

방긋 웃는 아이를 보며 더 기쁜 건 리랑이었다.

'와… 저렇게 우아하던 여자가 위풍당당하던 왕비님이 저 사람의 빵 앞에선 고개를 숙이네.'

자신의 기술로는 만들지 못하는 빵. 미라클 그 사람이 멋있어 보였다. 그의 빵을 점점 동경하게 되었다.

빵 먹으러 몰려온 사람들

미라클은 이왕 손을 댄 김에 발효빵 몇 개를 더 만들었다. 크루아상을 만드느라 가지고 온 프랑스 밀가루와 버터는 다 쓰고 없다. 마침 옆 바구니에 통밀이 보였다.

“어이 이 밀가루 좀 씁시다.”

미라클은 통밀에 리랑이가 쓰는 발효종을 섞었다.

‘이렇게 반죽이 잘 되는 발효종은 처음이야!’

양조장 할배가 키워준 천연발효종을 보며 미라클은 감탄을 금치 못했다. 발효종을 넣고 밀가루를 반죽하니 밀이 숨을 쉬는 듯했다.

보동보동.

'아, 밀의 숨소리가 이런 것이었군!'

미라클은 정성껏 반죽하다가 아리랑이 뒤로 다가와 조용히 지켜보고 있다는 것을 알았다.

'후후후. 점점 나에게 빠져들고 있군. 이럴 때 훅 들어가야지.'

"거 맨날 식빵이랑 단팥빵 이런 거 만드는 거 지겹지도 않나?"

미라클은 리랑이가 들으라는 듯이 큰 소리로 말했다. 리랑이는 다시 뽀로통해졌다.

"치. 얼마나 대단한 빵을 구우시기에."

미라클은 혼자 살짝 웃고는 숙성된 반죽을 보며 고민했다.

"지금쯤이면 숙성이 다 되었겠지?"

미라클은 리랑이를 보면서 물었다.

"치 그렇게 대단한 사람이 반죽 상태를 보면 딱 알아야지. 아직 아니에요. 밀가루가 다 안 열렸다구요. 아버지가 말했어요. 긴가민가… 이럴 때 서두르지 말라고. 한 번 더 기다리는 게 답이라고."

'기다림이 답이다….'

서울에 있었으면 가당치도 않은 말이었다. 일분일초가 바쁘게 지나가는데 개량제를 넣고서라도 생산 시간을 맞추어야 했다.

'이 빵 하나를 위해서 가만히 앉아 기다리라고.'

미라클은 반죽이 숙성되는 동안 주위를 둘러보았다. 이렇게 여유 있게 빵 하나에 몰두할 수 있는 게 참 오랜만이었다. 반죽의 숨소리가 손을 통해 몸으로 들어왔다. 전기가 통하듯이. 행복의 스위치를 켜듯이.

“이제 성형을 해도 돼요.”

리랑이의 오케이 사인을 듣고 미라클은 성형에 들어갔다. 마침 옆에 있는 작은 바구니가 예쁜 빵틀이 되어주었다.

“시골이라 캄파뉴가 그냥 나오겠는데. 깡촌은 달라도 뭐가 달라.”

마지막 숙성으로 둥그렇게 부풀어 오른 말랑한 반죽. 바구니에서 툭 떼어내 위에 예쁜 스쿠푸를 내었다. 그리고 예열한 화덕에 넣었다. 빵은 황금빛으로 볼록하게 오븐 스프링이 일어났다.

‘내가 제분한 밀가루가 이렇게 풍만한 향기를 내다니… 설탕이나 버터, 우유 이런 것 하나 없이 그저 밀가루와 소금, 물만으로 이런 풍미를 내다니….’

아리랑은 속으로 깜짝 놀라고 있었다. 빵을 구우면서 한시도 쉬지 않는 미라클. 한 치의 오차도 없이 프로그래밍 되어 있는 빵 만드는 기계 같았다. 오븐을 켤 때 켜고 직감적으로 빵을 꺼냈으며 여유가 있는 시간에는 옆에 있는 토마토를 잘랐다. 그때 마침 마을을 순찰하던 양조장 아저씨가 빵집으로 들어왔다.

“어~ 토마토 한번 싱싱하구나, 킁킁킁. 빵 굽는 향기가 오늘 더 구수한데! 리랑아 오늘 무슨 날이냐?”

“아, 어르신. 오늘 특별한 빵을 맛보여 드릴게요.”

양조장 아저씨가 빵을 굽는 미라클에게 다가가더니 전화기를 꺼내

든다. 단축번호 2번을 누르니 '와인 미친놈'.

"어이, 네가 좋아하는 그 딱딱한 누룽지 색 빵들이랑 있다. 좋은 술 몇 병 들고 언릉 오니라."

향기에 민감한 커피 돌싱. 집에서 혼자 음악을 듣다가 창으로 몰려오는 빵 향기에 몸이 본능적으로 쏠리고.

"음 심상치 않아. 구수한 곡물의 향, 심상치 않은 신상 빵이 구워짐에 틀림이 없어. 그럼 가만있을 수 없지. 그런데 아리랑 제과점에 너무 자주 들르는 것 같아. 할 일 없냐고 한심해할 것 같단 말이야."

커피 돌싱은 혼자 가기가 쑥스러워 약속이 있는 듯이 연출하기로 했다. 멀지 않은 곳에서 브런치 카페를 운영하는 후배에게 전화를 걸었다.

"야, 냉장고에 있는 올리브랑 연어랑 싹 쓸고 와라, 그리고 아 거기 잘하는 닭고기구이 있지 그것도 함께, 저기 아리랑 제과점에서 기다릴게. 늦으면 죽는다."

이 시간에 콩팥 할매는 노인정에서 동네 친구들과 고스톱 한판 칠 생각으로 슬슬 걸어가고 있었는데 빵집 앞에서 우두커니 망부석처럼 섰다.

"아, 이 우아한 향기는… 내가 할망구들하고 고스톱을 칠 때가 아니지…."

언제 허리가 굽었냐는 듯 횡- 하고 집으로 달려간 콩팥 할매. 자신이 좋아하는 일이 있으면 나이도 피곤함도 싹 잊고 열여덟 소녀가 되었다.

땡땡이 무늬 몸빼 바지를 벗고 드레스로 갈아입었다. 결혼식 때 장만한 유일한 이브닝드레스. 벌써 50년이 되어간다. 그래도 이 드레스는 팥죽색이 여전히 아름답다.

'내가 이색을 좋아해서 팥 농사를 시작했지….'

화장을 예쁘게 하고 아리랑 제과점에 문을 두드리자 이미 술 한잔하고 있는 양조장 할배가 넋이 나가도록 쳐다본다.

"예끼. 이 노망난 자식아. 아직도 여자만 보면 이렇게 침을 흘리냐."

옆에 있는 와인친구가 머리를 턱 하고 쳐보지만 양조장 할배는 입으로 침이 줄줄 콧물까지 줄줄 흘리며 콩팥 할매를 쳐다보았다.

농사일을 마무리하고 돌아온 양배추 총각까지 어느덧 무릉리 사람들이 아리랑 제과점에 모두 모였고, 갓 구운 빵과 과일, 술과 함께 작은 파티가 벌어졌다.

여기에 선뜻 끼지 못하고 주방에서 바라보고 있는 미라클.

'내가 만든 빵을 먹으면서 저렇게 편안하게들 웃고 있다. 아 사람들이 웃는다. 이런 여유가 얼마 만일까.'

미라클은 사람들을 쳐다보다가 바로 옆 한 여인 아리랑에게 시선을 뗄 수가 없었다.

'오직 한 사람, 웃고 있는데 웃지 못하는 사람이 또 한 명 있군.'

그녀도 웃는데 어쩐지 눈물이 흐르는 것 같았다. 미라클은 아리랑이 마음으로 흘리는 눈물이 보였다. 어서 다가가 닦아주어야 할 것 같았다. 같은 공간에 있어도 왜 너만 다른 하늘에 있니. 사람들에게 둘러싸여 있는 왜 너는 혼자니.

"그런 너를 보고 있는 나도 왜 웃지도 울지도 못하니?"

티라미수 나를 끌어올려줘

파티는 한밤중까지 이어졌다. 사람들은 기분 좋게 취하고 배가 두둑해져 집으로 돌아갔다. 아리랑 제과점에는 이제 단 두 사람만 남아 있었다. 그릇을 씻고 뒷정리를 하느라 그녀는 지친 줄도 몰랐다. 그런데 실제로 지치지도 않았다. 미라클이 옆에 있다는 사실 만으로 아리랑은 힘을 얻고 있었다.

반면 미라클은 머리가 복잡해졌다. 마음으로는 아리랑에게 늪처럼 빠져들어 가는데, 머리는 저 비법 항아리를 향해 곤두서 있었다. 이제 손에 잡힐 것 같아 더 안달이 났다.

'빵의 비밀, 저걸 어떻게든 가져가야 해! 이제 아리랑의 마음이 웬만

큼 열린 기 같으니 승부수를 던지자!'

미라클은 결정적인 찬스를 마련하기 위해 주방을 살폈다. 마침 커피 돌싱이 뽑고 간 에스프레소가 남아 있었다. 자신의 가방에서 고급 마스카르포네 치즈를 꺼냈다. 마침 작업대 위에는 목장 어른이 아리랑 제과점에만 주는 최고급 생크림이 있었다. 이 세 가지만 있으면 최고의 티라미수를 만들 수 있으리라.

'나의 필살기 티라미수, 아리랑 너의 마음은 이제 완전히 내 것이 될 거야!'

미라클은 다시 그 비열한 웃음을 되찾았다.

미라클은 생크림과 마스카르포네 치즈를 볼에 넣고 섞었다. 그리고 아리랑이 만들어둔 케이크 시트를 얇게 슬라이스 하여 에스프레소를 적셨다. 아리랑의 케이크 시트는 보들보들하여 숨구멍이 있는 것 같았다. 에스프레소가 그 숨구멍 사이로 검은 핏물처럼 빨려 들어갔다. 그 위로 마스카르포네 크림을 듬뿍 올렸다. 구름의 맛이 있다면 티라미수 맛일 듯했다.

"아리랑. 자, 당신만을 위한 거예요."

미라클은 티라미수에 카카오 가루를 뿌리고 그녀에게 건넸다.

"와. 넘 예뻐요, 제가 가장 좋아하는 커피 향."

아리랑은 솔직히 디저트 맛에 감동한 것이 아니었다.

'아. 누가 나를 위해 디저트를 만들어 주다니.'

이런 생각만으로도 행복하기 그지없었다. 무릉리 사람들에게 빵을 만들어주는 것을 커다란 기쁨이라고 여겼지만 이렇게 받은 적은 처음이니까.

“티라미수의 의미가 뭔지 알아요?”

미라클은 한 스푼 가득 떠 아리랑의 입안으로 넣어주었다.

“이태리어로 tiramisu인데 잡아올리다의 티라레(tirare)와 나를 의미하는 미(mi), 위를 뜻하는 수(su)라는 의미가 결합 되어 만들어졌지. 한마디로 ‘나를 날아오르게 해주는’ 디저트라고 할까.”

리랑이는 미라클의 설명이 귀에 들어오는지 마는지 눈을 감고 있었다.

‘와~ 이 맛, 행복해지는 맛. 혼자 울고 있을 때 아버지가 다가와 하늘로 훌쩍 높이 안아 올려주는 맛이야. 아빠… 엄마….’

껌뻑하고 뜬 그녀의 큰 눈망울에 눈물이 그렁그렁 맺히고 있었다.

“이게 말이지 마스카르포네 치즈만 있으면 뚝딱 만들어지냐. 그게 또 아니거든. 이 천재 파티시에 미라클 만의 환상적인 휘핑 실력. 마스카르포네 치즈와 생크림을 환상비율로 섞어야 하지. 한국에서 이런 티라미수를 맛볼 수 있다는 거, 게다가 이 미라클 님이 직접 만들어 준 티라미수라니 인생의 영광인 줄….”

미라클은 입에 침이 튀도록 자기 자랑을 하고 있다가 뒤쪽이 너무 조용하다 싶어 살며시 뒤돌아보았다. 이런 아리랑이 어느새 펑펑 울고 있는 것이 아닌가.

“아니 그렇게 맛있으면 그냥 맛있다고 해도… 울 것까지는….”

미리클은 오히려 멋쩍어졌다. 그리고 한편으로는 마음이 짠했다.

'이 여자 도대체 무슨 사연이 있기에.'

....

티라미수 키스

조금 전까지 떠들던 미라클은 조용히 그녀의 곁으로 다가갔다. 그리고 보드라운 손으로 아리랑의 눈에 맺힌 눈물을 닦아주었다. 아리랑은 다가오는 미라클에게 처음엔 쑥스러워하더니 미라클의 손길을 고스란히 받아들였다. 미라클은 티라미수의 두 번째 스푼은 자신의 입으로 세 번째 스푼을 다시 아리랑의 입속으로 넣어주었다.

'아, 슬픔뿐이던 그녀의 눈물에 다시 기쁨이 차오르고 있어. 내가 그녀에게 힘이 되어줄 수 있는 건가.'

마음이 흔들리는 것은 아리랑이 아닌 미라클 자신이었다.

리랑이는 티라미수를 머금고 눈을 감았다.

'수고했다고, 이제 가볍게 하늘로 날아오르라고 어깨를 다독여주는 맛이야. 티라미수, 나를 끌어올려줘요.'

"내가 만든 티라미수가 그렇게 감동적이란 말이지."

다시 장난기가 어린 목소리가 되어 미라클이 말을 걸었다.

다시 그 어이없고 재수 없는 목소리에 기분이 살짝 상한 아리랑. 말대답을 하려고 티라미수를 오물오물 녹여 먹는 찰나.

"맛있는 것을 먹을 때는 입을 다물어요! 아가씨."

미라클이 입술이 그녀의 입술을 덮쳤다.

그리고 미라클이 한입 가득히 물고 있던 티라미수가 두 입 사이로 구름다리를 만들어주었다. 두 사람의 입속에서 티라미수가 보드랍게 녹아내렸다.

'티라미수 키스.'

아리랑의 눈에서는 환희와 슬픔이 교차하며 촉촉이 젖어 들어갔다. 그런 눈망울을 살짝 바라본 미라클.

'이 순수해 빠진 아가씨. 내가 보호하지 않으면 평생 이 촌구석에서 외로움에서 헤어 나올 수 없는 여인. 내가 손을 내밀지 않으면 평생 새벽의 어둠에 갇혀 밝아오는 여명을 바라볼 수 없을 것 같아. 이 여자. 내가 구해야 해.'

아리랑이 입술을 떼려고 하자 미라클은 강하게 끌어안아 깊고도 달콤함 키스를 나누었다.

타닥타닥.

끝 불이 타들어가는 가마. 그 한구석에 미라클과 아리랑이 쪼그려 앉아 있다. 벽에 기대니 그 온기가 두 사람을 감싸고도 남았다.

"원래 아버지는 저 굴다리 밑에 살던 가난한 청년이었어요."

아리랑이 아버지의 이야기를 꺼냈다. 자신의 이야기를 꺼낸 것은 이번이 처음이었다.

"아버지는 귀가 들리지 않아 일자리를 찾기 어려웠어요. 공사판에서도 배가 들어오는 선착장에서도 쫓겨나기 일쑤였고요."

그녀는 어느새 눈에 눈물이 고여왔다. 그리고 꿈속으로 빠져들듯이 자신의 지난 이야기에 빠져들어갔다.

'아 이 여자 문을 연다. 자신의 이야기를 하기 시작한다….'

미라클도 예전과 다른 깊은 눈으로 아리랑의 이야기를 가만히 들었다.

3부

1926년 겨울
산지천 골목길 영춘 빵집

산지천 영춘 빵집

산지천은 항구와 가까워 일본에서 왕래하던 배들로 인해 선원이 드나드는 골목이었다. 허름한 골목이지만 돈을 만진 선원들은 여자들을 원했고 예쁜 여자들의 마음을 사기 위해 벌어온 돈을 흥청망청 써댔다. 외국에서 화려한 보석과 새로운 음식도 심심찮게 가지고 들어왔다. 산지천 골목에는 이 뱃사람들과 술집 여자들을 위한 여인숙이 하나둘 늘어났다. 그리고 그 주변으로 술과 음식, 생필품을 파는 가게들이 생겨났다.

일제강점기 때 일본인 제과사가 운영하던 빵집도 하나 있었는데 그 이름은 영춘 빵집. 해방되자 일본 사장이 버리고 간 그 빵집을 직원으로 일하던 사내가 맡아서 빵을 만들어 팔았다. 그 솜씨가 좋아서 선원들은 뭍에 내리면 그 빵집을 먼저 들렀고 아가씨들도 남자의 지갑을 털기 위해 빵을 사고 기다리는 것이 일이 되었다. 그리고 선원들이 뭍을 떠날 때면 그 빵을 싸서 일본까지 가져갔기에 일본에서도 조금씩 영춘 빵집이 이름을 알리기 시작했다.

산지천 사람들에게는 영춘 빵집의 빵을 먹는 일이 가장 큰 사치이자 행복이었다. 오죽했으면 농사를 짓는 사람들까지 3~4킬로미터를 마다하지 않고 내달려 와 빵을 사 갔는데 그 빵을 먹으며 일을 하면 풍년이 든다는 말이 돌 정도였다.

특히 삼각형 모양의 술빵이 유명했다. 새하얀 빵 살에 촉촉하고 달큼한 막걸리 향이 났다. 떡과 비교가 안 될 정도로 폭신하고 말랑말랑했다. 꼭 갓 태어난 아이의 엉덩잇살처럼. 쫀득하고 깔끔한 맛을 좋아하는 재일교포들은 먼 길을 찾아와 상자로 그 빵을 주문해서 일본에 선물을 보낼 정도였다.

술빵으로 어느 정도 돈을 만진 사장.

"아, 이제는 설탕과 기름을 맘껏 살 수 있겠어. 도넛을 만들어볼까."

일본 사장에게 배웠지만, 밀가루를 사면 돈이 떨어져 만들지 못했던 도넛. 우선 꽈배기 도넛을 만들어 팔았다. 동네 사람들의 반응은 폭발적이었다.

"와, 세상에 이런 쫀득하고 고소한 맛이 있다니!!"

"혀가 넘 맛있어서 꼬여버릴 거 같아!!!"

'음, 이제는 설탕을 뿌려줘야지!'

영춘 빵집 사장도 재미가 붙었다. 귀하다는 설탕을 꽈배기 도넛에 듬뿍 뿌려 진열했다. 이 맛을 본 사람들은 또다시 열광했다.

"영춘 빵집이 있는 것은 내 생애 가장 큰 행복이야."

손님이 끊이지 않고 주문량이 늘자 빵집은 새로운 직원을 뽑게 되었다. 빵집도 옆 가게까지 터서 규모도 커졌다.

마침 그 근처를 서성이던 청년 성수. 뽀얀 김이 서린 빵집을 유리창으로 바라보니 토실토실한 빵이 눈에 아른거렸다. 주머니에 든 돈을 탈탈 털어 어머님께 드릴 빵을 하나 샀다. 돌아가는 길에 봉지에 살짝 떨어진 설탕만 맛보았을 뿐인데 눈이 돌아갈 정도로 맛있었다. 아니나 다를까 병약한 어머니는 그 빵을 너무나 행복하게 먹었다.

'이 빵집에 들어가야겠어. 빵집에서 일하면 적어도 어머니께 이 맛난 빵을 매일 가져다드릴 수 있겠지.'

다음날 성수는 영춘 빵집을 찾아갔다.

"사장님 계십니까?"

홀연히 나온 것은 귀여워 보이는 어린 아가씨였다.

"사장님 잠시 밖에 나가셨어요. 누구라고 전해드릴까요?"

"사장님 뵈러 왔습니다."

"사장님 손님 만나러…."

"사장님을 만나게 해주십시오."

"사장님 나!가!셔!었!어요!!! 아니, 이 사람이 귀가 먹었나."

"여기서 일하게 해주십시오!"

"아니, 이 사람 진짜 귀가 먹었나 봐."

진짜 잘 들리지 않는 것을 파악한 아가씨는 달력을 한 장 부욱 뜯고는 성수에게 내밀어 적었다.

"여기요, 내일 오세요."

"아, 네네!! 내일 다시 찾아오겠습니다."

그 아가씨는 영춘 빵집 사장님이 수양딸로 삼은 고아 미화였다. 미화는 귀여운 얼굴에 붙임성이 좋아 동네에서 인기가 있었다. 떠도는 소문에는 뱃사람과 술집 아가씨가 하룻밤을 지내다가 아이가 생겼는데 뱃사람은 온데간데없이 사라지고 혼자 딸을 키우기 힘든 아가씨는 아이를 버리고 육지로 떠나버렸다는…. 그래서 술집 아가씨들에게 키워지다가 이를 가엽게 여긴 영춘 빵집 사장님이 자기의 수양딸로 데려왔다. 미화라는 이름도 영춘 사장님이 지어준 것이다.

미화는 빵집 잔심부름과 살림을 도우며 손님 맞는 일까지 도맡아 했다.

"아부지, 오늘 낮에 어떤 사내가 와서 다짜고짜 여기서 일하고 싶데요."

"아, 그래? 어떻게 생긴 놈이든?'

"음, 뭐랄까 생긴 건 멀쩡한고 덩치도 힘 꽤나 쓰게 생겼는데 귀가 잘 안 들리는 것 같아요."

"귀먹었다고 빵 못 만드는 건 아니니… 그래, 다시 온다든?"

"네. 내일 한번 오라고 전하긴 했어요."

빵집에서 일하면 굶어 죽진 않겠지

그렇게 해서 성수는 영춘 빵집에 들어갔다.

'이 청년 귀는 좀 안 들리지만, 눈빛이 강직하게 생겼어. 잘 키우면 재목이 되겠는걸.'

영춘 빵집 사장은 그동안 빵집에서 일하겠다고 수없이 찾아온 사람들을 정중히 거절했었다. 다들 말로는 열심히 하겠습니다. 최선을 다하겠습니다, 했지만 그 눈빛에 서린 차가운 기운을 놓칠 리 없었다.

'영춘 빵집 비법을 빼돌려가겠소.'

그 배에 숨긴 복검을 놓칠 리 없는 사장이었다.

'그런데 이 청년에게선 그 비열함이 보이지 않아….'

그렇게 성수는 영춘 빵집에서 일을 하기 시작했다.

아니나 다를까 성수는 자신의 일처럼 빵집 일을 성실히 해나갔다. 사장보다 먼저 일어나 가게 문을 열었고 밤늦게까지 빵 반죽과 밀 작업을 군소리 없이 해내었다. 성수에게는 영춘 빵집 사장님을 보면 마음 한편에 생각나는 사람이 있었다.

'아버지… 아버지….'

아버지의 말에 복종하듯이 성수는 영춘 빵집 사장의 말이라면 자다가도 빵 반죽을 할 정도로 사장의 심복이 되어갔다.

"내가 돈복은 있어도 자식 복은 없는 줄 알았는데, 하늘이 딸 같은 미화와 아들 같은 성수를 보내주셨구나. 이제 눈을 감아도 부러울 것이 없어…."

꽃처럼 밝은 미화, 소처럼 성실한 성수, 이렇게 세 사람이 힘을 합하니 영춘 빵집의 명성은 날로 높아갔다.

"음, 저 남자 몸도 탄탄하고 착한 거 같으니… 딴 여자한테 마음 줄 것 같지는 않고"

성수는 사장님으로부터 빵 기술을 하나하나 배워갔고 미화는 그런 성수가 하루하루가 다르게 믿음직스러워졌다.

'내가 아들이 없으니 성수에게라도.'

영춘 빵집 사장도 성수에게는 자식에게 가르침을 주듯이 자신의 기술을 아낌없이 전수해 주었다.

성수는 기술을 배우는데 그치지 않았다. 하루는 어머님이 친구에게서 받아온 팥이 눈에 들어왔다.

'사장님의 술빵과 꽈배기는 맛은 있지만 뭔가 밋밋해. 빵 살을 씹으면 뭔가 새로운 맛이 나왔으면 좋겠는데.'

"어머니, 이 팥을 삶아서 술빵 안에 넣으면 어떨까요?"

"아, 그럼 좋지. 영춘 빵집 술빵이 촉촉하니까 팥을 잘 감쌀 거야. 그런데 팥이 의외로 쌉싸름하단다."

"어머니가 해주시는 팥죽은 그렇지 않잖아요."

"팥을 어떻게 삶느냐가 중요하지."

성수의 어머니는 부뚜막에 가마솥을 올리고 팥을 넣어 삶는 법을 가르쳐주었다.

"팥 껍질이 열리듯 닫히듯 하는 그 순간을 기다렸다가 식혀야 제맛이 나는 법이야. 너무 많이 삶으면 물러지고 덜 삶으면 꼬득하여 입에서 까탈스럽단다."

성수는 어머님이 삶아준 팥소를 가져다가 하루는 영춘 빵집 술빵에 넣어보았다. 그때까지 영춘빵은 속이 없어 담백하게 먹거나 김치를 곁들여 밥으로 먹는 사람이 있었고 잘 사는 사람들은 꿀에 찍어 달콤하게 먹었다.

"그런데 여기 팥소를 넣으면 빵 하나로 완벽한 기쁨이 될 수 있어. 부자든 나처럼 가난한 사람이든 이 빵 하나만 먹으면 똑같이 행복해지는 거야."

술 향이 달큼한 영춘빵과 고소함이 알알이 들어찬 팥의 만남. 이렇게 새로운 빵, 영춘팥빵이 탄생했다.

이 영춘팥빵은 순식간에 소문이 났다. 안 그래도 잘 되던 영춘 빵집은 이제 문 열고 1시간이면 빵이 없어 못 팔 정도가 되었다.

"저 십 리 길을 달려왔어요. 그런데 빵이 없다니. 우앙~"

빵을 먹기 위해 먼 길을 달려온 아이들에게,

"주소를 적어 주면 내가 저녁에 만들어 가져다주마" 하고 성수는 아이들을 다독거리며 주소를 일일이 적어 받았다. 그리고 퇴근하는 길에 빵 봉지를 자전거에 매달아 아이의 집까지 찾아가 빵을 배달해 주었다.

'저 빵은 일본 사장이 그렇게 자랑하던 앙꼬빵, 내가 그렇게 가르쳐 달라고 해도 조센징에게는 전수해 줄 수 없다던 그 빵이다. 그걸 어린 성수가 혼자서 고민하고 해내다니. 음, 천부적인 소질을 가지고 태어난 거야.'

성수를 흐뭇하게 지켜보는 영춘 사장.

"저 재주에 부지런이라면… 내 아들처럼 생각해도…."

영춘 사장은 방 한구석에서 조용히 무언가를 하나 꺼내어 들었다.

....

영춘 사장이 숨겨둔 비법 항아리

하루는 영춘 빵집 사장이 직원들을 퇴근시키고 성수를 조용히 불렀다.

“아버지 저도 남아요?”

“아니다, 미화야. 오늘은 너도 나가서 모처럼 친구들이랑 영화도 보고 바람도 쐬고 그러렴.”

미화는 오랜만에 맞는 휴가에 신났지만 또 이상하게 서운하기도 했다.

‘성수 씨만 부르다니… 왜 나는 아니야? 사장님이 나는 저렇게 따로 부르는 일이 없었는데… 뭔가 중요한 비법을 가르쳐주려는 게 틀

림없어!'

미화는 나가는 척하다가 뒷방으로 조용히 숨어 들어갔다.

모두가 떠나간 영춘 빵집, 저녁놀이 아련히 깔렸다.

"네 사장님 부르셨습니까?"

"그래 성수야 이리 앉아보거라. 자 가까이."

사장은 성수의 무릎을 가까이 끌어왔다. 성수는 사장에게 이렇게 가까이 다가가 앉기는 처음이었다.

'아… 사장님도 많이 늙으셨구나. 어머님만 생각하다가 내가 사장님을 챙기지 못했어. 이 눈가에 주름… 예전과 다르게 허리도 굽으시고….'

성수는 나이 드신 아버님을 뵙는 것처럼 가슴이 짠하고 아려왔다.

"성수야 그동안 빵 만드느라고 고생이 많았지?"

성수에게 이야기할 때는 귀에 가까이 대고 말을 해야 했다. 그러니 두 사람의 거리는 숨소리까지 들릴 정도였다.

"성수야 내가 네 아버지 노릇까지 해줘야 할 텐데 말이다. 내가 나이가 들어 오랜 시간 동안 너를 보살펴 주지는 못할 것 같구나."

"사장님 무슨 말씀이세요. 제가 사장님께 받은 것들이 얼마나 많은데요. 제가 그 은혜 갚을 때까지 오래오래 사셔야 해요."

사장은 지긋이 웃더니 서랍장의 자물쇠를 열고 그 전날 준비해 둔 항아리를 꺼내 왔다.

"앞으로는 이걸 네가 관리하거라."

'앗! 저 항아리는!!! 영춘빵의 비결이 담겨 있는 비법 항아리!!!'

이 장면을 문틈으로 지켜보던 미화. 깜짝 놀라 소리를 지를 뻔했다.

'수양딸인 나에게도 건들지 못하게 해서 한 번도 열어보지 못한 저 항아리. 그런데 저걸 성수 씨에게 주다니!!'

미화는 놀랐지만 한편으로는 화가 날 정도로 서운했다.

'뭐야 사장님은 나를 딸이라 부르면서 이용한 거야? 난 그동안 그냥 영춘 빵집의 식모로 산 거야?'

미화는 사장에 대한 서운함과 자신이 열성으로 일한 시간에 대해 화가 치밀었다. 그리고 성수에 대한 질투심에 불타올랐다.

'정식 수양딸은 그래도 나야. 아무리 성수 씨가 빵을 잘 만든다고 해도! 저 항아리를 눌려받을 사람은 오직 한 사람 바로 나란 말이야. 그간 힘든 일도 저 항아리를 물려받을 생각에 군소리 없이 일해 왔는데. 역시 사장님은 나를 딸로 생각하지도 않은 거야. 그저 네네, 하며 말을 잘 들으니까 부려먹기만 했을 뿐.'

비법 항아리에 대한 미련과 집착이 미화를 쓰나미처럼 삼켜 뒤흔들었다. 사장에 대한 믿음과 사랑은 한낱 먼지처럼 쓸려 내려갔다.

그러나 영춘 빵집 사장에게는 생각이 따로 있었다.

"성수야, 이제 이 비법은 네가 관리해라. 빵 만드는 기술이야, 먹고 살 만할 정도니. 나도 나이가 많이 들었구나. 더 이상 너를 돌봐줄 여력이 없을 것 같다."

"무슨 그런 말씀을요. 이건 사장님이 평생 간직하셔야죠. 전 사장님 모시면서 그저 베풀어주신 은혜 천천히 갚아 나가겠습니다."

그리고 사장은 다시 비단 보자기에 곱게 싼 것을 서랍장에서 꺼내왔다.

"이 정도의 돈이면 밑천 삼아서 네 가게를 꾸릴 수 있을 거야. 이제 너는 내 밑에 있으면 더 클 수가 없어. 태어나서 꿈 한 번은 멋지게 이루어야 그게 사내지."

"아 사장님…."

성수는 마음속으로 아버지라고 부르고 있었다.

"그런데 하나 조건이 있다."

"네 말씀만 하십시오. 제 목숨이라도 원하시면 드릴 준비가 되어 있습니다."

"네 목숨은 내 것이 아니고. 후훗. 저… 우리 미화를 어떻게 생각하느냐?"

'뭐?? 나를??'

깜짝 놀라 숨이 넘어갈 것 같은 미화.

"미화 씨야 예쁘고 상냥하고 명랑하고…."

"그런 말이 아니라 네 처로 어떠냐는 말이다. 네가 평소에 나를 아버지라고 부르고 싶어 했던 것 다 안다. 미화는 내 딸이니 내 딸과 결혼하면 자연스럽게 넌 내 사위가 되는 거지."

"아… 사장님… 아니, 아버님."

성수는 사장 앞에 엎드려 흐느꼈다. 눈에서 찐빵 같은 눈물이 후드득 떨어졌다.

'아니, 당사자는 가만히 있는데 남자 둘이 북치고 장구 치고 아버지 아들 울고 웃고 침 흘리고 난리셔!'

미화를 덮쳤던 쓰나미는 어느새 조용해졌다. 찢어진 마음이 진정되듯 다시 기분이 좋아졌다.

"사장님 아니, 아버지 역시 나를 버리지 않으셨구나."

"성수 씨라면…"

미화도 성수가 싫지 않았다. 묵묵하고 소처럼 일만 하고. 성수 같은 성실한 사람이라면 믿고 의지할 수 있을 것 같았다. 그리고 중요한 것은 무엇보다 저 비법 항아리였다.

"저것만 있으면 나도 평생 힘들지 않게 살 수는 있겠지. 거기다가 소처럼 일하는 남자는 덤이라. 후훗."

미화도 사장님에 대한 미움은 어느새 사라지고 빙그레 웃음이 돌았다.

다음날 미화는 성수에게 다가가 더욱 살갑게 말을 붙였다. 거대한 찜통 뚜껑을 들며 찐빵을 꺼내고 휴, 하며 한숨을 쉬는 성수

"좀 쉬면서 해요. 소도 아니고. 다 살자고 하는 일인데."

미화는 손수건으로 성수의 땀을 닦아주었다.

'아, 이런 여자라면 어머님도 잘 모셔줄 거야. 미화를 닮은 아이도 건강하고 예쁠 것 같고. 이 여자라면 결혼하고 싶어.'

성수와 미화가 결혼했대요

성수는 그해 겨울 미화와 결혼식을 올렸다. 이듬해 산지천 골목은 시가지 개발 사업으로 모든 가게가 자리를 내놓고 다른 자리를 찾아 뿔뿔이 흩어졌다. 영춘 사장은 영춘 빵집을 차근히 정리하더니 편안하게 세상을 떠났다.

성수와 미화는 정성껏 영춘 빵집 사장의 마지막 길을 배웅했다. 그리고 그 새롭게 형성된 시가지 사거리에 작은 가게 자리를 하나 알아봤다.

그해 아이가 태어났는데, 미화를 닮아 화사한 웃음에 성수를 닮은 맑고 투명한 눈망울. 딸이었다. 사장의 장을 지내느라 미루던 결혼식을 아이가 태어나자 조촐하게 했다. 고아인 미화는 부를 사람이 없다. 성수의 홀어머니와 고향 친지들만 모시고 성수가 구운 빵을 드리면서 혼례를 치렀다. 미화는 평생 한 번은 하얀 드레스를 입고 싶었다. 그 꿈을 성수는 알고 있었기에 동네 사진관에 가서 웨딩드레스와 턱시도를 빌려 기념사진을 찍었다.

"여보, 우리 아이 이름을 어떻게 지을까요."

"음, 생각해 볼게."

성수가 한참 고민하고 있는데 어머님이 혼자 노래를 흥얼거리셨다. 어머니의 노래는 들리지 않지만, 그 입 모양을 보고 알았다.

"아리랑~ 아이랑~ 아리랑 고개를 넘어간다."

"아… 리랑이가 어때? 아리랑. 부르기도 편하고 누구나 한번 들으면 잊히지 않을 거고."

두 사람은 새로 문을 여는 빵집의 이름도 딸의 이름을 따서 지었다.

아리랑 제과점.

성수와 아기를 업은 미화. 어머님과 함께 간판이 올라가는 모습을 지켜보았다.

"에구 우리 성수, 그렇게 고생고생하더니 번듯하게 자기 가게도 열고."

어머니는 성수 앞에서 흐느껴 울었다.

"어머니 좋은 날 우시면 어떡해요."

....

아리랑 제과점이 문을 엽니다

성수는 이제 네 식구의 가장, 제과점의 사장이 되었다. 일이 힘이 들기도 했지만 사랑하는 가족이 뒤에 있다는 생각에 일이 고된 줄 몰랐다.

신이 나는 것은 미화도 마찬가지. 말이 수양딸이지, 남의 집에서 종살이한다는 사람들이 수군거림을 이제 들을 필요가 없었다. 이제는 어엿한 제과점 사모님이 된 것이다. 성수의 어머니가 어린 리랑이를 돌봐주고 집안 살림은 해주기에 리랑이는 가게 일만 보면 되었다. 오히려 예전보다 편한 생활이었다.

성수의 제빵 기술은 날이 갈수록 절정에 이르렀다. 영춘 빵집에서 만들던 술빵을 자신의 버전으로 업그레이드시켰다. 삼각형 모양으로 길쭉하던 술빵을 더 예뻐 보이는 돔형으로 빚었다. 그리고 살짝 시큼한 맛이 나는 빵 살도 반죽 발효법을 다시 개발하여 구수한 향이 나게 했다.

성수는 갈수록 배움에 목말랐다. 영춘 빵집 시절에 알고 지냈던 재일교포들에게 부탁하여 일본의 제빵 책을 부탁했다.

“일본에는 벌써 이런 기술로 빵을 만드는데… 나는 개천의 미꾸라지만도 못한 거였어.”

밤마다 잠을 아끼며 연구에 몰두했다. 성수의 빵을 좋아하는 사업가는 동경에서 유행하는 빵이라 하며 사진을 찍어 보여주는가 하면 부유한 집 사모님은 일부러 일본의 유명 빵집 빵을 사다 성수에게 맛을 보여주기도 했다. 성수는 하나하나 연구하며 빵의 종류를 늘려나갔다.

이때 가장 큰 도움을 주는 사람이 있었으니 바로 목장 어른이었다. 가족이 대대로 너른 토지를 소유했고 목장을 운영했다. 워낙 부유한 집안이라 일본을 제집 가듯 드나들기도 했고 일본인 친구들과도 잘 어울렸다.

목장 어른은 영춘 빵집 시절부터 성수의 빵을 좋아했다. 목장에서 생산되는 가장 신선한 목장 우유를 가져다주는 것은 물론, 일본에서 들여온 고급 치즈와 버터도 빵에 써보라고 가져다주었다. 그때만 해도 마가린조차 귀해 버터를 맛본 사람은 손으로 셀 수 있을 정도였다.

"성수, 이게 지금 동경에서 부자들이 먹는 크림빵이라는 거야."

"세상에 이런 맛이 있다니요."

한입에 베어 문 성수는 새로운 빵의 세계를 접신하며 몸을 부르르 떨었다.

"그렇지 빵은 종교와도 같아, 껄껄껄."

이윽고 아리랑 제과점에도 크림빵과 슈크림 빵이 생겼다. 생 도넛과 밤 만주가 나오고 소보로빵과 메론 빵이 탄생했다. 매일 도로로 난 통유리 진열장에는 옥수수 식빵과 우유 식빵이 따끈하게 구워 나와 뽀얀 김이 서렸고 빵집 실내에 있는 3단 진열장에는 버터크림 케이크가 화려한 수를 놓았다.

"성수야, 올해 밤이 토실토실해서 식빵에 넣어보면 어떻겠냐."

마침 어머님의 오랜 친구 콩팥 할매가 빵집에 들렀다가 밤을 가져다주었다.

'식빵에 밤을 넣는다면 한 끼 영양도 충분하고 밤의 달콤함 향기가 빵 먹는 재미를 더해줄 거야. 그 위에는 소보로 쿠키를 얹어 더 바삭하게 만들어야지.'

성수는 주위 사람들의 도움으로 제빵 아이디어가 샘솟았다. 딸기잼과 크림을 함께 발라 동그랗게 만든 맘모스 빵이 나오고 비너스라는 쫀득하면서도 바삭한 길쭉한 과자도 만들었다.

성수가 만든 빵은 나오자마자 팔려나갔다. 그런데 유일하게 잘 비워지지 않는 것이 케이크였다.

"사람들이 매일 케이크를 먹을 만큼 부유한 것이 아니구나."

일 년에 한 번 생일이나 크리스마스 때 겨우 살 수 있는 사람들이다. 목장 어르신이 언젠가 맛보여주셨던 나가사키 카스텔라를 떠올렸다.

"성수야 일본 사람들은 매일 아침, 이 빵으로 아침을 먹는다네. 달걀로 만든 카스텔라와 신선한 우유 한잔. 그래서 대를 이어 카스텔라만 만드는 빵집이 유명해."

"앗 내가 왜 카스텔라를 잊고 있었을까?"

'버터크림은 비싸고 우리 입맛에도 느끼해서 매일 먹을 수는 없어. 그래 카스텔라로 만들자.'

성수는 달걀과 설탕을 넣어 판 카스텔라를 만들었다. 보들보들. 입에 넣는 즉시 녹는 식감. 사람들이 원하는 만큼 잘라서 사갈 수 있게 하니 부담을 느끼지 않고 올 때마다 조금씩 사가는 사람들이 생겨났다.

여름에 사과가 넘쳐날 때, 어머님이 만든 수제 사과잼. 이를 놓칠 성수가 아니었다.

'카스텔라는 맛이 있긴 하지만 아이들 입맛에는 조금 밋밋한 감이 있어. 그래 사과잼을 듬뿍 넣고 돌돌 말아보는 거야. 거기다가 건포도를 넣어 씹히는 식감이 느껴지도록.'

그렇게 판 카스텔라 옆에 다시 사과잼 롤 카스텔라가 탄생했다.

"롤 카스텔라는 사람을 기분 좋게 하니 이것을 조금 더 고급스럽게 포장해서 선물용으로 팔아요. 선물용 상자도 만들고. 우리도 언제까지 빵을 종이나 비닐에만 둘둘 말아 팔 수는 없잖아요."

미화의 말이 옳았다. 빵이 아무리 맛있어도 촌스럽게 싸면 촌스러운 음식일 뿐. 비싸게 팔려면 상품 가치가 있어야 했다. 성수와 미화는 돈을 조금 들이더라도 자신의 빵집 이름을 넣은 전용 비닐봉지와 선물용 박스를 주문 제작하기로 했다. 케이크는 호피 무늬 예쁜 장식을 얹어 조금 더 고급스럽게 만들었고 선물용으로 박스에 넣어 진열했다.

아리랑 제과점 동네 사람들에게 변화가 생겼다.

"이젠 제사 때 방앗간 말고 아리랑 제과점에 가야겠어요. 시루떡을 맞추면 아이들이 먹지 않는데 아리랑 카스텔라는 눈에 불을 켜고 먹는다니까요. 친척분들도 어찌나 좋아하시는지."

빵집을 임대한 건물주도 아리랑 제과점의 열렬한 팬이 되었다.

"임대료 낸다고 생각하지 말게. 내가 받은 임대료 절반은 빵값으로 다 나가네 허허."

제삿집에 가는 사람들도 부좆돈 대신 롤 카스텔라를 담아 선물하는 사람들이 늘기 시작했다.

"돈은 주면 받을 땐 좋아도 누가 얼마를 줬는지 금세 잊더라고. 이런 롤 카스텔라를 선물하니까 제사상에 올리기도 하고 모양이 예쁘고 생색내기도 좋고 말이야. 어디 그뿐인가, 제삿밥이 뭐 뻔한 맛인데 나중에 다들 모여 앉아 롤 카스텔라 한 조각씩 얻어먹는 재미, 고게 그만이더라고. 아이들도 그거 한 조각 얻어먹으려고 12시까지 졸음 참으면서 기다리는 모습이라니. 허허허"

....

마성의 찐빵

아리랑 제과점이 터를 잡고 하루하루 번창해갔다. 빵집이 잘 되는 데는 미화의 사교성도 한몫했다. 싹싹하게 잘 웃고 누구에게나 친근하게 말을 잘 붙였다. 한번 온 손님은 얼굴을 기억했다가 다음에 오면 그 이름이나 입맛까지 잊지 않고 기억해주니 사람들은 아리랑 제과점의 인정에 이끌려 점점 정을 붙이기 시작했다.

리랑이가 걸음마를 배울 때 즈음 아리랑 제과점은 이웃 동네까지 명물 빵집으로 입소문이 자자했다. 이제 빵의 종류가 30여 가지로 늘었지만 여전히 가장 인기 있는 빵은 영춘 빵집에서부터 만들어 오고 섞

수가 꾸준히 연구해 온 찐빵이었다.

사람들은 이를 '아리랑찐빵'이라고 불렀다.

"아리랑찐빵은 한번 맛보면 그 맛을 못 잊겠더라고. 괜히 아리랑에 '아', 아저씨에 '아', 아가씨에 '아' 자만 나와도 고 달콤한 빵 맛이 눈앞에 아른아른거려. 거 죽겠데."

우연히 아침에 먹을 식빵을 사러 빵집에 처음 들른 동네 아주머니.

"이거 하나 맛보세요."

하며 미화는 찐빵을 한두 개씩 담아주곤 했다.

무심코 받아 들고 집으로 돌아간 아주머니. 아침 식사를 준비하다가 찐빵을 하나 집어 물었다. 그리고는 순간 숨이 멈추는 듯 멍하니 하늘을 쳐다보았다.

"시골에 밥 지을 쌀이 부족해 보릿가루로 술빵을 쪄주시던 친정 어미니. 설탕을 넣지 않아도 은근히 달콤했는데. 아… 이제 불러봐도 볼 수조차 없는 어머니… 왠지 모르게 그때 어머니가 해주셨던 빵 맛이 떠올라."

아주머니는 눈에 눈물이 또로록 흘러내렸다.

얼근하게 취해 밤 별 보며 집에 가는 아저씨. 문 열자마자 잔소리할 아내와 밤에 시험공부를 하는 아들이 생각나 아리랑 제과점에 들른다. 선반 위에 놓인 찐빵을 사고 거리를 걷다가,

"안주가 부실했는지 출출한걸!"

빵을 하나 집어먹었다.

“흐억! 이것은!!!”

“목으로 넘어오는 소주의 향과 은은히 어우러지며 이 달콤한 팥이 너울너울 춤을 추고 있어. 그 어떤 여인의 손길보다 따스하고 보드랍게!! 마귀 같은 아내, 어깨를 누르는 자식새끼 때문에 서러운 마음, 이 찐빵만이 순결한 사나이 마음을 알아주는군.”

찐빵을 입에 물고 집으로 도착한 사내는 이미 찐빵의 황홀감에 빠져 마귀 눈을 부릅뜬 아내의 잔소리도 귀에 들리지 않았다.

“이 빵을 다시 먹을 수만 있다면….”

회사에서 간식으로 나오는 아리랑찐빵. 누나는 이 찐빵을 먹으려다 말고 휴지로 돌돌 감싸 핸드백에 넣었다.

‘동생 가져다줘야지.’

퇴근 후 누나를 기다리던 어린 동생들. 이제는 누나를 기다리는 게 아니라 두 눈이 모두 누나의 핸드백에 꽂혀 있다.

“후훗~ 고 녀석들, 너희들은 누나보다 아리랑찐빵이 좋지?”

“크크크. 그런 건 아니지만.”

동생들은 그 작은 빵을 반으로 나눠 먹으며 행복한 미소를 지었다.

‘누나가 돈 많이 벌어서 너희들 아리랑 찐빵 실컷 사 줄게.’

“와 정말 정말!!! 우리 누나 최고!!!”

어느새 누나에게도 삶을 살아가는 힘이 되어주었다.

이뿐만 아니다. 아이 엄마는 밥도 싫다 젖도 싫다 울고 보채는 아기에게 빵을 떼어 주었다. 그러면 아기는 언제 앙탈을 부렸냐는 듯 빵을 곧잘 받아먹었다. 그리고 곤히 꿈나라로 갔다.

"어머 이 빵이 우리 아기 얹힌 속까지 달래주네."

수험생들은 시험 전에 아리랑찐빵을 먹으면 마음이 진정되어 뇌가 풀가동, 100점이 속출하기 시작했다. 아리랑 제과점과 가까운 여중이 있었는데 학교 성적이 그저 그랬다. 그런데 학생들이 아리랑 빵집을 드나들면서 갑자기 모의고사 평균점수가 높아지더니 전도 일등을 차지해버렸다.

"아니, 글쎄 그 학교 아이들이 단체로 족집게 과외를 받나 했는데 실은 그 찐빵 때문이라네요."

"아니 머리 좋아지는 약이라도 넣었나??? 우리 아이에게도 먹여봐야겠어요!"

명문 여중 학부형들까지 이곳으로 빵을 사러 몰려오기 시작했다.

"아리랑찐빵 주세요."

"아리랑찐빵 주세요."

처음에는 간간이 들어오던 손님들이 점점 앞다투어 아리랑 제과점을 찾아들었다. 처음에는 기껏해야 다섯 개 많아야 열 개 정도 사가던 손님들이 이제는 아예 박스로 포장해 갔다. 뻐꾸기시계가 정오를 가리키기도 전에 찐빵이 동이 나는 사태가 벌어졌다.

'아버지, 하늘에서 보고 계실 아버지.'

성수는 얼굴도 모르는 친부보다는 아버지라는 이름의 영춘 빵집 사장님이 떠올랐다.

"아버지가 보살펴주시는 것 알아요."

늘 성수의 제빵실에는 영춘 사장님 남기고 간 비법 항아리가 말없이 그 옆을 지키고 있었다.

아리랑 제과점에 드리운 그림자

아리랑 제과점의 인기가 날로 높아가고 주문량이 많아질수록 성수는 더욱 말수가 줄어들었다. 매일 혼자 제빵실에 처박혀 빵 만들기에만 몰두했다.

“에고. 저 젊은 게 어디 놀러 가지도 못하고 소처럼 일만 하니. 이게 다 부모 잘못 만나서…. 병원비는 또 왜 그리 많이도 나오누….”

성수의 어머님은 아들이 소처럼 일만 하는 모습이 내내 안타까웠다. 그리고 재산 하나 물려주지 못하고 자신 병 치료에 들어가는 돈이 미안하고도 서러웠다.

미화의 미모도 물이 오를 대로 올랐다. 장사가 잘되니 싱글벙글 걱정거리가 없었고 예전엔 재룟값도 부족하고 생활비에도 허덕였는데 이제는 금고에 빵빵빵 돈이 쌓여가는 소리가 들렸다. 게다가 남편은 돈을 쓸 시간도 관심도 없고 그 돈으로 자기가 사고 싶은 것들을 생각하니 그렇게 신이 날 수가 없다.

"이번에 나왔다는 진주 화장품도 사고, 블라우스도 사고, 아 맞다 구두도 맞춰야지."

그러다가도 밤늦게 가게 문을 닫고 집으로 돌아가면 울컥 찾아 드는 싸늘함을 피할 길이 없었다.

"리랑아, 엄마 왔다."

어느새 말을 시작한 리랑이. 그러나 할머니 품에서 큰 리랑이는 도리어 엄마를 보면 울먹울먹하면서 부끄러운 듯이 할머니 품으로 달려가 안겼다.

"피곤한데 잘됐지 뭐."

그리고 방에 들어가면 펼쳐진 이불이 썰렁했다. 남편은 내일 쓸 반죽을 발효시키느라 제빵실에 처박혀 밤샐 것이다.

엄마를 보고 울다 할머니 품에서 잠이든 리랑이, 할머니 방에 또각, 하고 불 끄는 소리가 났다.

"아 결혼만 하면 외롭지 않을 줄 알았는데. 돈만 있으면 행복해질 줄 알았는데…."

어두운 집에 캄캄한 우주에 자신 혼자만 덩그러니 남은 것 같았다.

“사랑받고 싶어, 사랑받고 싶어.”

미화는 갑자기 성수의 손길이 그리워 이불 속에서 다시 일어나 제빵실로 달려갔다.

....

그 시간 성수의 제빵실

성수의 두 손은 이제 빵에 대한 광기로 빛을 뿜었다. 밀가루와 함께 숨 쉬는 그의 호흡. 반죽과 혼연일체가 된 그의 손놀림. 빵 반죽은 그의 손길을 타면서 화려한 빛을 뿜었으며 성수와 함께 숨 쉬고 함께 온기를 머금었다.

'저 남자가 점점 빵에 미쳐가고 있어.'

미화는 성수가 빵 만드는 모습을 뒤에서 지켜봤다. 갑자기 무섭게 느껴졌다. 성수의 마음에 이제는 빵에 대한 생각뿐, 자신의 존재가 사라져 가는 것 같아 서운함이 몰려왔다.

'그래 문제는 저 항아리. 영춘 빵집 사장님도 나를 무시하더니 이제 저 항아리가 내 남편까지 빼앗아가네.'

미화는 분해서 부르르 떨다가 옆에 놓인 밀대를 툭 하고 떨어뜨렸다.

인기척을 느낀 성수가 갑자기 뒤를 돌아봤다.

"여긴 들어오지 말라고 했잖아!"

좀처럼 화를 내지 않는 성수였는데, 요즘은 눈빛도 말투도 칼날처럼 날카로워지고 있었다. 며칠 밤을 새우면서 주문량을 맞추느라 성수도 몸과 마음이 많이 고단한 상태였다.

"당신은 나보다 가족보다 빵이 더 중요해요?"

미화가 울먹거리며 소리를 질렀다. 이제는 서운함이 미움으로 변해갔다.

"그게 며칠 밤새며 일하는 남편에게 할 소리야? 내가 돈을 벌어 어디 노름을 해 아니면 술 담배를 해. 다 너와 우리 아이, 어머니를 위해서 그런 거 아냐!!!"

성수는 소리를 버럭 질렀다.

"이제 사람 좀 쓰면 되잖아요. 언제까지 그렇게 무식하게 일만 할 건데. 그 비법 항아리가 뭐라고. 오줌 마려운 놈 요강 끌어안듯이 혼자 뭉쓰고 앉아 그 고생이냐고!!"

미화는 비법 항아리를 낚아채려고 손을 뻗었다.

"아니 이 여자가!!!"

성수는 깜짝 놀라 미화를 버럭 밀쳐내었다. 미화는 구석으로 내동댕이쳐졌다. 반죽대 모서리에 이마를 박은 미화. 미화의 머리에서 피가 주르륵 흘러내렸다.

미화의 피를 보자 성수가 제정신으로 돌아왔다.

"미안해 여보, 아니 내가 당신에게… 죽을죄를…."

미화의 곁으로 다가가 면포로 흐르는 피를 닦아내었다.

"이 찐빵이 뭐라고, 이 비법 항아리가 뭐 그리 대단하다고. 남들 하듯이 이제 조수들에게 맡기고 사람답게 좀 살잔 말이에요!"

성수는 말을 못 하고 미화를 품속에 꼭 껴안았다. 그리고 혼잣말로 허공을 보며 고백했다.

"이 빵은 기록할 수도, 손으로 써 내려갈 수도 없어. 몇 줄로 정리하거나 가르쳐줄 수 있는 게 아냐. 그저 내 운명이야…."

그런 두 남녀를 비법 항아리가 우두커니 지켜보고 있었다.

부잣집 사모님처럼 놀고 싶어

동네 사람들은 이미 찐빵을 좋아하기를 넘어서 중독되어 갔다. 아리랑 빵집이 문을 닫기라도 하는 날이면 손을 떨면서 하루 종일 손에 일이 안 잡힐 정도로. 사람들이 찐빵에 미쳐갈수록 성수는 제빵실의 어둠에 미쳐갔고 외로움을 이기지 못한 미화는 밖으로 돌기 시작했다. 따끈했던 아리랑 제과점에 어둠의 빛이 스며들기 시작했다.

어두운 밤 제빵실.

고요한 밤에 삐걱, 하고 인기척이 있었으니 이는 성수가 아닌 여인의 숨소리.

"저 비법만 있다면… 그래 저 항아리의 주인은 바로 나였어. 영춘 빵집 유물이니 성수 씨가 아닌 딸, 바로 내가 물려받아야 했어."

미화는 한동안 그저 돈도 풍족히 벌고 빵집도 잘 되어 희희낙락 즐거운 나날이었다. 밖에서 사람을 만나도 대우가 달라졌다. 고아에서 수양딸로 어린 시절을 보내는 동안 아무리 웃고 아무리 친절하게 대해도 사람들은 미화를 달가워하지 않았다.

오히려 웃을수록 "어린 것이 역시 지 어미 피는 못 속여", "저거 저거 헤프게 웃음 팔고 다니는 거봐" 하면서 뒤돌아 손가락질하기 일쑤였다. 남자들은 가슴에 돈을 꽂아 주며 "그래, 오늘 밤 오빠가 기쁘게 해줄게" 하면서 미화에게 음흉한 미소를 흘리곤 했다.

영춘 빵집의 중요한 회의에는 사장님도 미화를 부르지 않았다. 동네에서도 높은 지위의 손님이 가게에 들어오면 미화 보고는 들어가 있으라고 하면서 미화의 존재를 숨기려고 했다.

그럼에도 미화가 유일하게 살아남는 방법은 먼저 웃고 먼저 사람들에게 친절을 베푸는 일이었다. 사람들을 떠받들며 시중을 들어야 사람들은 필요에 의해 미화의 이름을 찾기 때문에.

그런 서글펐던 시절, 다 잊은 듯했으나 미화의 가슴 깊숙이 설움으로 남아 있었다. 그런데 요즘은 어떤가. 제과점 사모님이라는 말을 듣고 찐빵을 어떻게 하면 얻어먹어볼까 하는 동네 사람들에게 미화는 그야말로 인기 만발이었다. 인심이 후한 성격으로 각종 모임에는 빵을 후하게 대접하면서 동네에서는 이제 미화가 없으면 안 될 유명인사가 되어갔다.

그중에 가장 미화에게 호의를 베푸는 사람이 있었으니 화장품 방판녀였다.

"사모님, 이번 저희 신제품이 어마어마하게 좋게 나왔어요. 사모님은 제 특별한 고객이니 사모님 샘플 우선 챙겨뒀어요."

화장품 방판녀는 일주일에 적어도 두 번은 빵집을 드나들었다.

"요즘 부잣집 사모님들이 쓰는 제품이 뭐예요?"

"요즘 대만에서 뒤로 들어온 흑진주 크림이 있는데. 이게 돈 주고도 못 사는 거예요. 부자 사모님들이 어찌나 촉이 좋으신지 들어왔다는 소식을 저보다 먼저 알고 주문하시더라니까요. 호호호."

"아! 흑진주 크림???"

"우리 제과점 사모님이야 워낙 피부가 뽀얗고 하얘서 이 크림 발라주면 광채가 날 거예요. 거기 왜 영재학원 사모님 있잖아요. 이거 바르고 예뻐져서 바람났던 학원 원장님이 아내만 안고 있다잖아요. 호호호."

화장품 방판녀는 재빠르게 흑진주 크림을 미화 앞치마 주머니에 담았다.

"일단 써보고 돈은 천천히 줘요."

미화도 부잣집 사모님들만 쓴다는 크림에 마음이 이미 빼앗겨 있었다.

"그 사모님들 사이에서 놀 수 있으려면 이 정도의 크림은 아낌없이 써줘야 하는 거야."

미화는 금고에서 오늘 판 돈의 절반가량을 방판녀에게 주었다.

"우리 어머님껜 비밀이에요."

"당연하죠."

방판녀가 싱글벙글하며 빵 하나를 가득 물고 나가려던 차에,

"이 크림을 쓰는 사모님들만 제가 따로 모셔서 마사지를 해드리는데 미화 씨도 올래요?"

"그럼요. 불러주세요."

이렇게 미화는 부잣집 여자들이 모이는 자리에 초대되기 시작했다. 흑진주 크림은 VIP 사모님 모임의 초대장 같은 것이었다.

굴지의 소주 회사 회장님 사모님, 명문학원 사모님, 바다만 한 양어장을 소유한 사모님, 도청의 굵직한 공사는 모두 따내는 토목회사 사모님. 미화는 자신이 이 틈에 꼈다는 사실에 가슴이 두근거렸다.

"우리 이번 주말 골프 갈래요? 딱 팀도 되겠다. 부킹은 내가 해 놓을 테니까."

"한 팀으로 가기에는 사람이 오버되지 않을까?"

"미화 씨가 골프 못 치지 않나? 그렇죠?"

"아… 네. 전 아직."

미화는 자신이 무시당하는 것 같아서 얼굴이 홍당무가 되었다.

"그래, 이 집 찐빵이 워낙 잘나가서 어디 우리처럼 밖에서 희희낙락거릴 시간이 있겠어요. 게다가 남편이 바람을 피우나. 소처럼 일만 하는데. 호호호 아우 부러워 죽겠어."

앙이장 사장님이 미화를 위로한다고 하는 말에 미화는 속으로 화가 치밀었다.

아무 말 못하고 돌아가는 미화. 신발을 신고 있는데 학원 사모님이 슬쩍 말을 걸어왔다.

"그때 찐빵 학원에 보내줘서 아이들이 얼마나 좋아했는지. 미화 씨 고마워요."

"아유 별말씀을요. 제가 사모님 덕을 얼마나 봤는데요."

학원 사모님은 핸드백에서 하얀 봉투를 하나 꺼냈다.

"마침 우리 빌딩에 시설 좋은 헬스장이 오픈했어요. 시간 날 때마다 와서 운동도 하고 바람도 쐬고 그래요. 나도 종종 가니까 우리 거기서 만나 차 한잔도 하고."

"헬스클럽 VIP 회원권. 이거 비싸다던데… 감… 감사합니다."

미화는 처음으로 자신을 인정해준 사람이 있어 눈물 나도록 기뻤다.

다음날 저녁. 그날도 다 팔린 빵들, 진열대를 정돈하니 해가 뉘엿뉘엿 지기 시작했다. 미화는 집에 갈까 하다가 문득 찬장 위 꽂아둔 흰 봉투가 눈에 띄었다.

"뭐 집에 가도 아무도 날 반겨주는 사람도 없는데 성수 씨는 빵 만드느라 바쁠 테고. 헬스장에나 가볼까."

앞치마를 벗어 던지고 화장을 고친 후 빵집을 나섰다.

헬스장 사기남

고급 헬스장답게 모든 기계가 최첨단이었다. 피부가 매끈한 부잣집 사모님들이 운동하는지 비싼 트레이닝복에 관리된 몸매들을 자랑하는지 삼삼오오 모여들어 수다를 떨기 바빴다. 미화의 눈에 들어오는 것은 트레이너들이었다. 말처럼 욱신거리는 근육질 몸매, 연예인 뺨치는 매끈한 얼굴, 친절한 매너까지. 이제껏 볼 수 없었던 남자의 모습이었다. 미화는 이런 광경을 넋 놓고 바라만 보고 있었다.

"아리랑 제과점 사모님이시죠? 저희 빌딩 사모님께서 특별히 신경 써드리라고 부탁하시더군요."

긴장하게 생긴 한 남자가 다가왔다.

미화는 숨을 못 쉴 정도로 잘생긴 외모에 말을 잃었다.

'세상 남자는 성수 씨뿐일 줄 알았는데….'

"누님 얼굴은 너무 아름다우시고 몸도 뭐 뺄 때가 없으신데…."

'어머 누님… 이렇게 잘생긴 청년이 나보고 누님이래. 호호호.'

미화는 하늘을 나는 기분이었다.

"누님, 혹시 어디 편찮으신 데는 없으시죠? 듣자 하니 하루 종일 빵만 만드신다던데… 뭐 허리가 삐끗하시거나, 목이 뻐근하시거나… 오십견이 왔다던가…?"

트레이너는 이야기하면서 미화의 몸에 손을 가져갔다. 미화는 깜짝 놀라 뒤로 물러섰다가 어느 사이 트레이너의 손을 즐기고 있었다.

"빵집에 있긴 하지만 힘들고 어려운 일은 모두 아이 아빠가 해요. 전 그저 손님만 보고 돈만 받고…."

"그죠? 아리랑 제과점이 동네 돈을 쌍끌이로 긁는다던데. 부부가 합심하면 대단하겠어요. 사모님, 가볍게 바람 쐰다고 생각하고 운동하시면 돼요."

헬스장 청년은 미화의 뒤로 다가가 어깨를 가볍게 주물렀다.

미화는 귓가를 타고 오는 남자의 목소리가 이처럼 몸을 닳게 한다는 것을 처음 알았다. 운동을 처음 시작하는 미화, 서툰 동작 하나하나 옆에 딱 붙어 가르쳐주는 친절함에 미화는 첫날부터 이 청년에게 마음을 빼앗겼다.

그날 이후 미화는 매일 밤 가게 문을 닫기가 무섭게 헬스장으로 갔다.

"땀 흘린 후 마시는 맥주는 꿀맛이야."

미화는 가게 영업을 마치고 가야 했기에 헬스장의 가장 마지막 타임에 운동을 했고 두 사람은 운동 후 맥주를 마시는 일이 잦아졌다.

"미화 누님과 마신다면 똥물도 달디 달걸요."

"미화 누님? 호호호."

미화는 손끝이 오글거리면서도 달콤한 그 호칭이 싫지 않았다.

"참! 누님네 찐빵이 그렇게 맛있다면서요. 어떻게 만들었길래 온 동네 소문이 자자해요?"

"응 우리 찐빵 잘 팔려. 이미 몇 달 치 예약 장부가 밀려 있을 정도니."

다음날 미화는 헬스장 청년에게 그 찐빵을 몇 개 싸다가 맛보여 주었다.

"우왓! 누님, 눈깔이 확 튀어나오겠는걸. 진~짜! 겁나게 맛있다. 근데 누님, 잠깐 생각해봐봐. 언제까지 그렇게 고생스럽게 빵 가게나 보고 앉아 있을 거야?"

"뭐 어떡해… 이 년의 팔자가 거기까진 걸. 태어나서부터 빵집에서 자라서 눈 뜨면 빵 파는 것밖에 몰라. 에휴~"

미화는 한숨을 푹 쉬었다.

"누님! 우리 그 찐빵으로 판 한 번 크게 벌려봐?"

미화는 그 말에 마시던 맥주가 식도를 타고 올라오는 듯했다.

"커억! 켁!!! 어휴 그건 말도 안 돼. 꿈도 못 꾸는 일이야. 찐빵을 만들

수 있는 사람은 오직 한 사람, 남편뿐이라고."

"그런 게 어딨어. 누나는 빵 맛도 지겹게 봤을 거고 남편이 정리해둔 레시피도 있을 거 아냐. 그거 가져다가 기술자 몇 명 돌리면 되는 거지. 이까짓 찐빵이 뭐 별건가?"

"뭐?! 이까짓 찐빵?"

미화는 본능적으로 욱하고 북받쳐 올랐다. 자기네 빵을 모욕하는 일은 아무리 잘생긴 청년이라도 용납되지 않았다. 그러다가 숨을 후~ 내쉬며 대답했다.

"아냐 아냐… 그 찐빵은 달라. 비법이 따로 있어. 영춘 빵집 사장님이 평생을 걸쳐 발견한 비법이거든. 아마 백 명이 찾아와 그 비법을 알려 달라고 무릎을 꿇었을걸. 그런데도 혼자 꽁꽁 안고 계셨던 거야. 그런데 그 누구에게도 알려주지 않던 비법을 돌아가시면서 성수 씨에게 물려준 거야. 그것도 비법 항아리에 꽁꽁 숨겨서. 그래서 남편도 절대로 찐빵 레시피를 어디다 적어두지 않아."

"아, 그 옛날 산지천에 있던 영춘 빵집? 어렸을 때 한 번 먹어본 적 있지. 그런데 사장님 딸은 듣자 하니 누나뿐이던데. 그게 왜 그 남자한테 간 건데? 원래 주인은 성순가 만순가 그 자식이 아니라 누나 아냐? 그걸 빼앗겨 놓고 하하 호호 웃으며 친절 봉사만 했으니. 에휴, 우리 누님 이렇게 착하고 순진해 빠져서 이 험한 세상을 어떻게 사시누…."

"뭐? 그 항아리의 주인이 '나'라고?"

생각해보니 틀리지 않은 말이었다. 영춘 빵집 사장님이 유일하게 남긴 유산은 그 항아리였고 법적 상속인은 호적으로 올라간 자신임이 틀림없었다.

"누나는 그 항아리만 훔쳐 오면 돼. 아니지, 아니지. 훔쳐 오는 게 아니지. 누나가 잃어버렸던 유산을 되찾아 오는 거지. 그러면 나머지는 내가 다~ 알아서 할게. 누나는 이제 손 하나 까딱 안 하고 외제 차 타고 다니면서 저기 저 여왕님들처럼 호의호식하면 돼."

"여왕처럼…."

그 말에 미화는 눈빛이 변했다.

'하녀처럼 사는 게 내 운명인 줄 알았어. 서러워도 고생해도 눈물로 삭히면서… 이제 시궁창에서 빠져나오자. 어쩜 하늘이 내게 준 기회일지도 몰라.'

미화는 멋진 턱시도를 입은 이 건장한 남자와 그 옆에 아름다운 이브닝드레스를 입고 외제 차를 타고 궁전에 들어가는 자신의 모습이 떠올랐다.

'음 이제 슬슬 작업을….'

헬스남은 흔들리는 미화의 동공을 보고 미화의 허리를 감싸 안았다. 미화는 오랜만에 남자의 손길이 자기 몸에 닿자 짜릿함을 느꼈다. 한 마리 비단뱀이 자신의 가슴을 타고 혀를 낼름낼름 하는 기분이었다.

'아 위험한 건 알지만 이 황홀감을 벗어던질 수 없어. 조여올수록 짜릿해. 이게 여자가 되는 기분일까.'

헬스남은 미화의 입술에 자신의 입술을 가져가 살포시 포갰다.

....

아리랑 제과점의 몰락

미화는 가게 문을 닫고 헬스장 가는 것이 일상이 되었다. 주말에는 헬스남과 쇼핑도 즐기고 가끔은 도박판에도 꼈다. 물론 돈은 미화가 냈다. 이제는 영업시간에도 헬스남의 전화를 받고 미화가 자주 사라졌다.

"성수가 귀머거리라고 이 젊은 게 답답한 거로구나. 에휴… 도망이라도 가면 어쩔꼬. 저 녀석은 지 여자가 저렇게 밖으로 나도는 것도 모르고 빵에만 미쳐 있으니."

성수 어머니는 아들의 장애를 너무도 잘 알기에 미화에게 잔소리도 못 했다. 미화가 자리를 비운다고 성수에게 말을 할 수도 없었다. 다만 묵묵히 리랑이를 보면서 미화 대신 빵을 팔러 가게를 보는 일이 잦아졌다.

그런데 싹싹하고 친절한 미화가 보이지 않고 잘 일어나 걷지도 못하는 할머니가 가게에 있으니 손님들이 좋아할 리는 만무했다. 손님들은 거동이 불편한 할머니를 기다리다가 답답해서 자기가 빵을 봉지에 담고 돈을 내고 가기도 했다. 하나둘 불만이 생기기 시작했다.

찐빵 주문 전화가 빗발쳐도 할머니가 글을 잘 몰라 그 주소를 잘 받아쓰지 못했다. 그래서 배달이 다른 곳으로 가거나 두 상자 돈을 받고 한 상자만 보내는 등 배달 실수가 잦아졌다.

어느덧 유치원에 다닐 나이가 된 리랑이. 할머니가 힘들어하는 모습을 보며 손님을 응대하기도 했다. 아니나 다를까. 동네에는 이미 미화에 대한 소문이 돌기 시작했다.

"아 글쎄 왜 여기 여주인 도박판에서 다른 남자와 밥을 먹고 있던데요."

미화를 목격한 사람들이 할머니에게 가서 소문을 전했다.

"형님, 며느리 간수 좀 잘해요."

가장 걱정하는 것은 할머니의 오랜 친구 콩팥 할매였다.

"항아리가 없어졌다!!!"

새벽 제빵실에 들어간 성수는 온몸이 얼음처럼 얼어버렸다.

"내 목숨보다 소중히 지키던 비법 항아리, 아버지가 남겨주신 내 분신!!"

그날 성수는 찐빵뿐만 아니라 다른 빵도 하나 만들지 못했다. 그날 아리랑 제과는 임시휴업 간판을 걸었다. 줄 선 사람들은 웅성웅성 거리도 문을 쿵쾅쿵쾅 두드리다가 결국은 빈손으로 돌아가야 했다.

하루 종일 허공을 멍하니 정신 나간 사람처럼 바라보는 성수.

"아 올 것이 왔구나!"

할머니는 심장이 덜컥 내려앉았다. 예감 가는 것이 있어 안방의 자개장 서랍 열쇠를 열었다.

"통장과 인감. 집문서까지 다 들고 갔어…."

할머니는 털썩 주저앉았다.

"할머니!"

아무것도 모르는 듯 리랑이는 여전히 해맑은 눈빛으로 할머니는 부축했다.

"에구 이 모진 것, 나나 성수는 그렇다 치고, 지 새끼는 어쩌라고, 우리 리랑이는 어찌하라고."

비법 항아리만 사라진 것이 아니었다. 미화가 집을 나갔다. 그동안 모아둔 전 재산을 들고 미화가 사라졌다.

성수는 그날 이후 술과 담배로 하루하루 찌들어갔다. 이를 지켜보던 어머니는 가슴이 메었다. 빵집 문을 열긴 했지만 빵 맛은 돌처럼 변했고 빵 속에 담뱃재나 소주 뚜껑이 발견되는 사건도 생겼다. 빵을 내동댕이치며 문을 걷어차고 욕하는 손님들. 동네는 수군거리기 시작했다. 그리고 단골조차 빵집을 멀리하기 시작했다.

"다 내 탓이야. 내가 없으면 우리 성수도 그 고생 안 하고, 리랑이도 지 엄마랑 행복하게 잘 살았을 텐데. 이 늙은이가 노망이지. 이미 죽었어야지, 하루라도 빨리 죽어야지…."

할머니는 식음을 전폐했다. 하루가 다르게 쇠약해갔다. 앓고 있던 지병이 심해져 자리에서 일어나지 못했고 며칠 지나지 않아 아침, 싸한 송장으로 발견되었다.

이를 가장 먼저 발견한 사람은 리랑이였다.

"할머니 일어나, 일어나. 아침이란 말이야. 할머니 왜 일어나지 못해 늦잠꾸러기."

술에 취해 밤을 새우고 돌아온 성수. 이미 어머니의 시신은 싸늘히 식어 있었다.

한동안 멍해 정신을 잃고 있던 성수.

"어머니, 어머님!"

어머님 차가운 시신 옆에서 해맑게 웃고 있는 리랑이를 보니 성수는 정신이 번쩍 들었다. 리랑이를 보자 어머니 소리치며 울부짖지도 못했다.

“리랑아, 할머니가, 할머니가 많이 졸리시는가 봐.”

할머니를 흔들어 깨우려는 리랑이를 가슴으로 부여안고 흐느끼는 성수.

‘어머님, 이 못난 자식을 용서하십시오. 어머님 가시는 길도 못 지키고 자기 여자 하나도 지키지 못했습니다. 으흐흑. 어머님 마지막으로 우리 아리랑, 리랑이 만큼은 꼭 지키겠습니다.’

이런 아리랑 제과점의 속사정은 아랑곳없이, 사거리에 양념 통닭집이 새로 생겼다. 한 달 후 피자집이 또 문을 열었다. 여긴 줄을 설 필요도 없이 전화만 하면 집까지 배달을 해주었다. 콜라나 사이다도 무료로 보내주면서. 사람들은 생전 처음 맛본 새콤달콤 양념 통닭과 화려하고 매혹적인 피자의 맛에 넋을 잃었다. 이 환호의 뒤안길로 아리랑 제과점은, 아리랑찐빵은 사람들에게 점점 잊히기 시작했다.

....

고향 무릉리로 돌아온 성수

'너무 멀리 떠나 있었구나. 후후.'

고향으로 돌아온 성수. 깡촌 무릉리. 성수의 고향. 성수는 터벅터벅 익숙했던 길로 들어섰다. 모든 것을 다 잃은 지금, 아직 한 가닥 희망이 있었으니 어머님이 유산으로 남겨주신 땅이었다.

"난 여기서 멀어질수록 성공하는 줄 알았지."

고향은 여전히 평화로웠다. 앞으로는 바다가 펼쳐지고 뒤편으로는 동그스름한 오름이 어머님의 이불처럼 마을을 안아주고 있었다. 새들은 성큼 어른이 되어 돌아온 성수를 기억이라도 하는 듯이 짹짹 반기며 맞이했다. 마을 사람들은 여전히 순박한 웃음을 웃으며 야채와 곡식들을 농사짓고 그렇게 살아가고 있었다.

성수는 옛 집터는 이미 깨끗하게 정리되어 있었다.

“어머니는 내가 여기로 돌아올 것을 아신 걸까. 내가 둥지를 틀 곳이 여기 밖에 없다는 것을….”

문 앞에는 어머님의 고무신과 아버지의 고무신, 어린 시절 성수가 신던 고무신이 나란히 놓여 있다. 성수는 아버지의 고무신을 끌어내어 신어보았다. 항공모함처럼 보이던 그 신이 어느덧 자신의 발에 꼭 들어맞았다.

“어머님… 어머님….”

가만히 어머님의 고무신을 품에 안았다. 눈물이 앞을 가려 눈을 뜰 수가 없었다. 어린 리랑이는 작은 고무신이 귀여웠는지 자신의 꽃무늬 샌들을 벗고 고무신으로 갈아 신고 눈 맞은 강아지처럼 마당을 신나게 뛰어다녔다.

집 옆으로는 조그맣게 농사짓던 터도 남아 있었다. 성수는 터에 무성한 잡초를 제거하고 돌을 골라내어 땅을 다졌다. 한동안 농사를 짓지 않은 대지는 윤기가 흘렀다.

“여기에 밀을 심으면 되겠구나.”

창고로 쓰던 방은 벽돌 화덕으로 개조하고 마당에는 아궁이를 만들었다.

성수는 리랑이를 끔찍이 아꼈다. 성수의 소문을 들은 마을 사람들은 묵묵히 그의 환향을 기뻐하며 리랑이를 자기 자식처럼 품어주었다. 옷도 지어다 주고, 고구마나 옥수수를 삶아 마당에 놓고 가는가 하면 책과 공책을 마루에 놓고 가는 이도 있었다. 엄마 없는 리랑이는 마을 사람들의 사랑과 보살핌 덕분에 무럭무럭 해맑게 자라났다.

고향으로 돌아온 성수는 낮에는 마을 사람들의 과수원이나 공동 작목밭에서 일을 했고 해가 떨어지면 리랑이에게 빵 기술을 하나하나 전수해 주었다. 귀가 들리지 않아 리랑이와의 대화가 순탄하지는 않았으나 빵을 만들다 보면 어느새 호흡과 호흡 손과 손, 마음과 마음이 통하는 듯했다. 리랑이는 아버지를 따라 밀가루 반죽을 조물조물 만지더니 어느새 팥빵과 소보로빵, 크림빵 등을 하나하나 만들기 시작했다.

'리랑이는 어리지만 천부적인 손재주가 있구나. 내가 젊은 시절 죽기 살기로 배웠던 것과는 차원이 달라.'

리랑이는 그 날의 기온과 습도에 따라 밀가루의 상태를 본능적으로 감지했다. 빵 반죽의 발효와 숙성을 직감으로 판단하는 힘이 있었다. 작고 고사리 같은 손은 밀가루의 발효를 최대한으로 끌어내는 궁극의 체온을 유지하고 있었다. 거의 밀가루와 혼연일체가 되어 함께 숨 쉬는 아이가 되었다.

"아버지, 화덕에서 갓 구운 빵은 보동보동 숨을 쉬는 것 같아요. 이 따스한 숨결 봐."

리랑이는 엄마의 품에 기대듯 빵을 볼에 대고 눈을 감았다.

"너에게는 이 고독으로 빠지는 기술을, 빵쟁이라는 이 허접스러운 운명을 물려주고 싶지 않았는데…."

어느새 밀가루 포대에 기대어 잠든 리랑이. 그 옆에서 성수는 조용히 빵효모로 쓰다 남은 막걸리 한 잔을 입안으로 기울였다.

"어쩌겠냐. 이 못난 애비… 내가 너에게 남겨줄 수 있는 거라곤 이 빵 밖에 없으니…."

아버지의 마지막 편지

새까맣게 고용한 밤에 은하수가 펼쳐지던 날. 그날따라 새들도 일찍 잠을 청했는지 창으로는 솔바람 소리만이 바이올린 독주처럼 가녀리게 흘러왔다. 고요함 속에 간간이 들어오는 솔잎의 향도 느낄 수 있었다.

드디어 마지막 빵, 찐빵.

찐빵 만드는 법을 리랑에게 알려주는 날이다. 리랑이도 이 시간만큼은 긴장이 되었다. 아버지가 얼마나 아끼는 빵인지 알기 때문에.

"리랑아, 사람들은 빵을 만들 때 기술에 신경을 쓰지만… 어떻게 하면 예쁘게 만들까 맛있게 만들까 말이다. 그런데 그러다 보면 정작 중요한 것을 놓치게 된단다."

"중요한 것? 그게 뭐예요 아버지…?"

"재료의 마음을 이해하고 친구가 되는 것이야. 밀에 가만히 귀를 기울여보렴. 그러면 반죽을 할 때, 발효될 때 밀이 어떤 이야기를 하는지…."

'아, 아버지는 귀가 들리는 것이었을까…? 모두 듣고 계셨는데 그저 못 들은 척하신 걸까?'

리랑이는 밀가루에 귀를 가만히 대고 있는 아버지를 보았다. 아버지는 밀에 고개를 기울이며 웃고 찡그리다가 귀와 볼로 애무하듯 했다.

'아, 아버지! 아버지는 귀로 듣는 것이 아니라 마음으로 듣고 계시는군요…. 저렇게 하면 향도 듣고 촉촉한 촉감도 듣고 맛도 듣게 되는 거야. 소리뿐만 아니라 모든 게 영감을 줄 수 있었어. 아버지의 몸과 마음은 이미 밀과 하나가 되어가는구나.'

밀가루 반죽을 마치고 숙성시키는 동안 팥을 삶았다.

"팥은 잠꾸러기지. 깨어날 시간이 이미 지난 것 같은데 팥은 그제야 잠드는 것이야. 이런 잠꾸러기를 깨우겠다고 이리 돌리고 저리 돌리면 이 못된 놈은 성질을 부린단다. 엄청난 쓴맛을 뿜어내거든. 리랑아. 팥이 스스로 잠을 깨도록 내버려두렴. 그저 단꿈을 꾸도록 그렇게 기다리면 자기가 알아서 아침을 맞이해. 그때 슬슬 달래듯 주걱으로 저어주기만 하면 된단다."

‘단꿈을 꾸도록 내버려두어라. 팥이 스스로 아침을 맞이하기를 기다려라.’

리랑이는 도무지 이해할 수 없었다. 그저 아버지의 조용한 뒷모습을 바라볼 뿐이었다. 리랑이는 마지막 빵을 배운다는 사실에 제조공법을 적으려고 공책과 연필을 준비했는데 막상 쓸 일이 없었다.

“온몸으로 들어라. 잠이 깨도록 기다려라. 아빠 저, 잘 모르겠어요.”

리랑이의 갸우뚱하는 모습을 보며 성수는 웃음을 지었다.

‘서두르지 마라. 하다 보면, 살다 보면 다~ 알게 될 거다.’

팥소가 뭉근하게 다 삶아질 무렵 리랑이는 쏟아지는 졸음을 참지 못하고 화덕 옆에 기대어 잠이 들었다.

다음날 아침, 성수는 새벽처럼 산에 나가 장작으로 쓸 나무를 지게로 지고 왔다. 그리고 마당에 있는 아궁이에 불을 지펴 커다란 가마솥 두 개를 걸었다. 그리고 마당에 잘 숙성된 반죽과 팥소를 꺼내 와 평상에 올려두었다.

“리랑아, 이제 찐빵을 빚을 차례다.”

성수를 따라 리랑이는 손에 반죽을 넣고 어젯밤 정성껏 삶아 숙성시켜둔 팥소를 넣었다. 아버지의 손을 보고 자신의 손으로 만들고, 처음에는 속도가 나지 않았지만 열 개 정도를 만들자 리랑이는 이내 성수의 속도를 따라왔다. 리랑이는 손에 감기는 찐빵의 반죽 그 감촉이 너무 좋았다.

“아 반죽이 살아 숨 쉬는 것 같아. 아가의 손을 잡고 놀다가 팥을 선물로 안겨주고, 놓아주는 기분이야."

마을 사람들도 새벽부터 밭일을 나가면서 부녀가 빵을 만드는 모습을 재미있게 보고 갔다.

"허 오늘은 부녀가 사이좋게 빵을 빚는구먼."

"어르신 오늘 저녁 댁에 가시는 길에 꼭 들러주십시오. 오늘 맛난 찐빵 쪄놓고 있겠습니다."

"찐빵? 허허 거 좋지. 벌써 배가 고파지는걸. 허허허."

"이젠 리랑이가 자네보다 한 수 위인 걸, 이거 봐 리랑이가 빚는 빵이 더 옹골지고 이쁘네. 아유 우리 리랑이 시집가면 이쁜 딸 낳겠어."

동네 아주머니들도 리랑이의 고사리 같은 손에서 알처럼 뽑혀 나오는 찐빵에 감동을 했다. 성수도 이런 리랑이를 흐뭇하게 쳐다보았다.

해가 중천에 뜰 무렵 찐빵은 온 마당을 덮었다.

"이제 쪄낼 시간이다."

김이 모락모락 나는 가마솥에 찜 틀을 넣고 하얀 면포를 올렸다. 그리고 태양 빛으로 숙성된 반죽을 하나하나 올렸다. 성수는 아궁이에 타들어가는 장작을 조금 빼내었다.

"온도는 반죽을 넣기 전에 최고로 올리고 그 후에는 낮춰주어야 한다. 그래야 뜨거운 열이 아닌 따뜻한 증기로 빵을 속부터 천천히 익힐 수가 있어. 빵이 겉부터 익으면 벽이 되어버려서 그 열이 팥까지 전달이 되지 않는단다. 그러면 빵은 빵대로 팥은 팥대로 따로 노는 격이 되는 거야."

'아 그래서 아빠의 찐빵은 팥과 빵이 꼭 껴안은 듯이 조화를 이루고 있었구나.'

리랑이는 이제야 아버지의 빵을 하나씩 이해하는 기분이었다. 그런데 한편으로는 내심 불안하기도 했다. 이제껏 무엇을 물어도 못 들은 척 이렇게 친절하게 설명해 준 적이 없던 아버지였다. 그저 빵을 만드는 것을 한 번 보여주고 "해보거라!" 한마디 남긴 채 들어가시는 분. 리랑이는 아버지의 모습으로 보면서 스스로 이렇게 해보기도 하고 저렇게 해보기도 하면서 어두운 밤 산정상에 도달하는 기분이었으니.

첫 번째 찜통을 열었다. 김이 모락모락. 드디어 부녀의 첫 합작품 찐빵이 세상에 뽀얀 모습으로 드러났다.

성수는 하나를 꺼내 베어 물었다. 그리고 눈을 지그시 감았다.

'그래 이 정도면…. 이 정도면 되었어.'

찐빵을 모두 쪄내고 평상에 올려 작은 산처럼 쌓아 깨끗한 면포를 올려두었다.

저녁놀이 질 무렵 어느새 소문이 돌았는지 마을 사람들이 모두 찾아와 왁자지껄 찐빵 맛을 보고 갔다. 리랑이는 찾아오는 동네 사람 한 분 한 분에게 웃으며 인사했고 가족들 먹을 찐빵을 하얀 종이에 싸서 돌돌 말아 품에 넣어주었다. 이런 딸의 모습을 저만치 옆에서 지켜보던 성수. 두 눈에서는 조용한 눈물이 흘렀다.

'그래 우리 리랑이 어느새 이렇게 다 컸구나….'

성수는 그날 모든 것을 두고 홀연히 산속으로 사라졌다.

아침에 눈을 비비며 일어난 리랑. 반죽하느라 밤을 새우고 하루 종일 마을 사람들을 맞이하느라 잠이 쏟아졌는지 해가 중천에 올라서야 눈이 떠졌다. 잠을 깨느라 눈을 비비면서 본능적으로 몰려오는 불안감.

"아빠… 아빠? 아빠!"

아버지의 자리에는 이불이 정갈하게 개어져 있었고 그 위에 덩그러니 편지 하나가 남아 있었다. 리랑이는 이 편지로 손을 다가가기도 전에 커다란 슬픔이 자신의 곁으로 찾아왔음을 예감했다. 어머니가 집을 나갈 때, 할머니가 세상을 떠날 때도 이런 아침 공기였었다.

[사랑하는 리랑아. 아버지가 해줄 수 있는 일이 여기까지구나. 누구보다 너와 함께 살고 싶지만 이 박복한 아비에게 내려진 운명의 저주가 너마저 집어삼킬까 두렵고도 두렵다.

너는 제빵사로서 좋은 재능을 타고났단다. 좋은 빵을 만들 거라. 그 빵을 팔려 들지 말고 그 빵에 욕심을 내지 마라. 너의 배고픔이 채워지기 전까지는 그 누구를 위해서도 빵을 굽지 말아라. 자신의 허기를 채우지 못하는 제빵사는 결코 남에게 행복한 빵을 만들어주지 못한다.

너의 행복을 위해 빵을 구우렴. 네가 배가 고플 때, 누군가의 도움으로 고마움을 느낄 때, 그리고 마지막으로 외로울 때. 돌아보니 빵이 필요할 때는 이 세 경우 더구나.

특히 이 찐빵은 아무 때나 만들면 안 된다. 한 달 중 보름달이 뜰 때만, 만들어도 가마솥 두 솥 이상은 금한다. 이 약속은 아버지와 꼭 지켜 주기 바란다.

리랑아. 너를 떠나는 것이 너를 지키고픈 아비의 간절한 소망임을 아버지는 멀리서도 너를 꼭 지켜보고 있을 거다.

미안하다. 그리고 사랑한다! 내 딸!

그 편지 옆에는 아버지가 평생 애지중지하던 비법 항아리와 아리랑 제과점 간판이 있었다.

"아아… 이제 저 혼자 어찌 살라고… 아버지… 아버지!!!"

리랑이는 비법 항아리를 꼭 껴안고 아버지를 외쳤다.

'약속은 꼭 지킬게요.'

리랑이는 소리 내지 않고 소리치는 방법조차 아버지를 닮아가고 있었다.

4부

미라클 베이커리 어게인

....

미라클의 배반

화덕 옆에서 새우잠을 자는 리랑. 벽에 기대앉아 이를 바라보는 미라클. 리랑이를 보자 프랑스에서 어렵게 빵을 배우던 자신의 지난날이 주마등처럼 스쳐 지나갔다.

“아버지… 아버지 가지 마세요….”

리랑이는 잠이 든 눈 사이로 눈물이 또르르 떨어졌다.

‘아버지 꿈을 꾸나 보군….’

칠흑같이 어두운 밤이었다. 이 어두운 밤에 늘 홀로 잠들 리랑이를 생각하니 미라클은 가슴이 메어왔다.

'이 여자를 혼자 이곳에 남겨두어야 하나….'

미라클은 리랑이의 눈물을 손으로 쓰다듬듯 닦아주었다. 반죽을 다루는 미라클의 손은 그 어느 남자보다 보드랍고 섬세했다.

미라클은 잠시 두 눈을 감고 고개는 하늘을 향했다.

'내가 왜 이곳에서 이러고 있는 건가….'

후드득. 칠흑 같은 창밖으로 장대비가 쏟아졌다. 창문을 닫으려고 일어서자 미라클의 눈으로 들어오는 물건이 있으니 바로 작업대 위에 있는 비법 항아리였다.

"아! 저게 바로 찐빵의 비밀. 비법 항아리!"

"궁극의 팥빵을 만들어 내오게!"

잊고 있었던 조 회장의 말이 벼락처럼 머리로 내리쳤다.

"기회는 단 한 번, 해내지 못하면 자네는 끝이야 끝!"

'약속 시간이 바로 이틀 후이구나. 아… 이 기회를 놓치면 나, 미라클은 여기서 주저앉게 될 거야.'

벌써 주변 사람들의 조소와 비웃음이 면도날처럼 심장을 후벼 팠다. 틈만 보이면 어퍼컷, 훅을 날리는 사람들. 나를 짓밟아 삶의 링에서 끌어내리고 피 흘리는 나를 물어뜯으려 안달 난 사냥개들.

'저 비법 항아리만 있으면… 그놈들 보란 듯이 성공할 수 있어. 미라클은 죽지 않았어! 이 미라클은 너희 같은 동네 장사나 찌질이들이 상상도 못 할 더 큰 세상으로 갈 거란 말이야!'

미라클은 항아리에 손을 가져갔다.

우르릉 쾅쾅!

하늘이 반으로 갈라졌다. 미라클은 정통으로 벼락을 맞은 듯 온몸이 마비됐다. 그 자리로 정지화면이 되어 아리랑을 쳐다보았다.

다행히도 리랑이는 여전히 꿈속에서 헤매고 있었다.

'약해지지 말자. 약해지지 말자. 사랑은 아직 내 순서가 아니야. 한 걸음만, 딱 한 걸음만 더, 그리고 하자, 사랑.'

미라클은 정신없이 항아리를 배낭에 담았다. 그리고 도망치듯 그곳을 빠져나왔다. 아리랑 제과점을 나왔다. 하늘에서는 장대 같은 비가 쏟아지고 있었다. 자동차를 뚫어버릴 기세로. 미라클은 시동을 걸었다. 미라클은 이미 제정신이 아니었다. 미친 사람처럼 전속력으로 시골길을 달리기 시작했다. 무릉리를 빠져나가고 있었다.

'미안해… 딱 한 번만, 딱 한 번만 미안하자….'

미라클의 차 위로 천둥 번개가 내리쳤다. 성수의 분노가 미라클을 노리는 것처럼.

....

남은 시간은 오직 하루

미라클이 들어오는 것을 보고 베이커리 직원들은 깜짝 놀랐다. 소리 소문없이 사라진 지 일주일. 핸드폰도 받지 않고 SNS도 불통, 행방불명 된 일주일. 갑자기 나타난 미라클은 비에 흠뻑 젖고 머리도 표정도 미친 사람이 되어 있었다.

"허걱! 보스다. 몇 날 며칠 밤새고 지옥과 같은 스케줄에도 머리카락 하나 흐트러진 모습을 보인 적이 없었는데. 충격적이야."

그보다 더 괴상한 것은 돌아와서 아무 말도, 아무 지시도 내리지 않고 넋이 나간 사람처럼 제빵실에 누워 있는 모습이었다.

이상하다 미라클, 빵을 잡이야 하는 시간인데 손에는 리랑이의 볼에

스미던 감촉만이 이른거렸다.

미라클은 두 손을 얼굴로 감쌌다.

'너를 찾아가지 말았어야 했다. 너를 만나지 말았어야 했다. 네가 뭔데… 네가 뭔데. 내 평생 쌓아 올린 성공의 탑을 다리부터 뒤흔드냔 말이다. 산산조각내냔 말이다. 그동안 내가 흘렸던 땀과 눈물을 열정이란 것을 모조리 쓰레기처럼 구겨버리냔 말이다.'

책상 위 미라클빵이 놓여 있다. 편의점에서 천만 개 판매 돌파, 새롭게 포장된 미라클빵. 봉지에 인쇄된 자신의 얼굴이 자신을 쳐다보며 낄낄낄 비웃는 것 같았다.

"쓰레기… 악취가 나서 분리수거도 안 될 쓰레기!"

"으윽… 아아악!"

미라클은 견딜 수 없어 빵 봉지를 입으로 물어뜯다가 손으로 구겨 벽으로 내동댕이쳤다.

문틈으로 이 광경을 지켜보던 직원들.

"저 욕망의 화신이 미친 게 틀림없어."

"쯧쯧 그러게 누가 그렇게 욕심을 부리래."

"죽어라 빵빵이 돌리더니 결국은 지가 돈 거야…."

직원들은 멍하게 허공만 바라보는 미라클이 실망스러운 반면 통쾌하기도 했다. 그동안 당한 수모를 복수라도 하듯이 수군거리며 히죽히죽 웃고 있었다.

"감히 셰프님한테 돌다니! 이 자식들. 입방정 떨지 말고!"

부셰프가 수군거리는 직원들의 뒷머리를 때리며 사태를 정리했다.

그러나 그 중에서 가장 통쾌한 것은 부셰프였다.

'마지막 기회가 바로 내일인데… 천하의 미라클도 여기까지인가 보군….'

늘 실무는 자신이 다하는데 그 공로는 미라클에게만 집중되던 조직. 강자만 더욱 강해지는 약육강식의 세계. 서운함도 미움으로 마음이 가득 찼다. 그러나 미라클의 빵에 대한 천부적인 감각과 승부사적 기질은 부셰프도 인정하고 있었다. 부셰프는 마음을 가다듬고 미라클에게로 다가갔다.

"셰프님, 내일 조 회장님이… 무슨 지시라도…."

부셰프가 조용하게 미라클에게 다가가 말을 걸었다.

"시끄러워! 다 나가!"

부셰프는 쑥덕거리는 직원들에게 고개로 다 나가라는 표시를 했다.

'정말 이대로 끝이란 말인가….'

부셰프는 솔직히 그가 이번 고비도 훌륭하게 넘기길 바라고 있었다. 업계에서 개인의 이름으로 성공하기는 하늘의 별 따기. 미라클의 힘을 빌려 자신의 브랜드를 가지고 싶은 야망이 있었기 때문이다. 그래서 온갖 수모에도 미라클을 왕처럼 받들어 모시던 자신이었다. 그의 종말은 곧 자신의 종말을 의미했다. 그동안 투자한 수고와 버텨온 수모에 이자는커녕 원금도 회수 못 하는 깡통 신세가 돼버리니까.

'아니야 이대로는 아닐 거야. 남들은 몰라도 내가 미라클을 알지. 이렇게 간단히 끝낼 사람이 아니야…'

부셰프는 어지러운 주변과 빵 봉지를 조용히 정리했다.

가방에서 잡히는 항아리.

"이건 뭐지?"

궁금했지만 미라클이 자신의 물건을 손대는 것을 싫어하는 것을 알기에 그는 항아리를 묵묵히 작업대 위에 올려두고 미라클을 남기고 문을 닫았다.

홀로 남겨진 것을 알자 미라클은 눈을 떴다. 그리고 작업대 위에 올려진 항아리를 우두커니 쳐다봤다. 벽에 걸려 있는 캘린더에는 내일 날짜에 마지막 테스트라는 빨간 동그라미가 그려져 있었다. 미라클은 천근만근처럼 무거운 몸을 이끌고 작업대 앞으로 갔다. 믹싱 볼에 밀가루를 담았다.

밀가루에 두 손을 넣은 그. 이상하게 손에 아무런 감촉이 오지 않았다.

"헉! 손이 움직여지지 않아. 아무런 감각이 느껴지지 않아!"

날카로운 벼랑의 끝, 누가 자신의 손에 쇠스랑을 차고 끌고 가는 듯하다.

"이 항아리는 너의 것이 아니야."

등골이 오싹했다.

미라클은 환청처럼 항아리에서 울려 퍼지는 소리를 들었다.

"기회는 마지막! 자네는 끝이야!"

또 한쪽으로 조 회장의 저승사자 같은 차가운 목소리가 칼날 같은 비수를 겨누었다. 이 뚜껑을 열기만 하면 자신의 두 손은 용솟음치는 분노의 불구덩이 속으로 빨려 들어갈 것 같다. 성수의 화난 영혼이 마치 미라클을 노리는 듯.

"무섭다…."

미라클은 항아리의 뚜껑에 손을 댄 채 얼어붙었고 영혼부터 손끝까지 사시나무 떨듯 벌벌 떨었다.

'죽음보다 몇 배는 더 강렬한 두려움이다. 차디찬 겨울 바다에 빠져 죽는 게 오히려 나을 정도로. 무서워… 무섭다 리랑아….'

....

아리랑 찐빵은 살아날 것인가

비 갠 아침. 간밤 천둥소리에도 깊은 잠에 빠져든 리랑이는 누군가 자신의 이름을 부르는 것 같아 두 눈을 떠졌다. 이상하게 나른하여 따뜻한 물에 온몸을 푹 담그고 난 느낌이었다.

"이런 꿀잠은 할머니 품을 떠난 후 처음이야."

"미라클… 미라클?"

리랑이는 그 이름을 불렀지만 대답이 없다.

"미라클!"

자신의 목소리만 빈 공기를 울리다 흐느적거리는 메아리로 돌아왔다. 순간 리랑이는 부메랑처럼 찾아올 또 하나의 슬픔을 예감했다. 아버지가 떠난 날도 하늘은 이렇게 쾌청했으니.

"아… 떠났구나."

직감적으로 느꼈다. 이젠 눈물을 흘릴 힘마저 없었다. 슬픔의 나락에서 나에게 손을 내밀던 사랑의 여신. 자신이 그 손을 잡는 순간 여신은 슬픔의 사탄으로 변하여 자신을 더 밑바닥으로 더 쑥 밀어넣는 것 같았다.

"휴우."

그저 눈을 감고 깊게 한숨을 내쉴 때, 머릿속을 스치는 것이 있었으니.

"아! 비법 항아리!!!"

리랑이는 눈을 뜨고 작업대로 고개를 돌렸다. 항아리가 있어야 할 자리, 휑하니 사라졌다. 없어졌다.

"아… 역시…그 사람은 나를 사랑한 게 아니었어…."

닫힌 마음의 빗장을 열어 처음으로 누군가를 받아들인 며칠. 사랑하고 누구에겐가 사랑받는 느낌으로 가슴 떨렸던 며칠. 리랑이는 빵 만드는 것만큼 사랑도 소중하다는 걸 깨닫게 되었다. 그런데 그 사랑이라 믿었던 품에 안겨 단꿈을 꾼 지 단 하루. 자신이 견뎌낼 수 있는 외로움보다 커다란 배신이 자신을 기다리고 있을 줄이야.

'왜 자고 나면 사람들은 나를 떠나는 걸까.'

"하느님… 왜 저에게만… 제가 마음을 열면 사랑하게 되면 왜 그때마다 사랑을 하나하나 뺏어가는 거예요."

바다로 간 어머니, 하늘로 간 할머니, 산으로 간 아버지, 그리고 나를 남기고 도시로 사라진 미라클까지. 리랑이의 눈물방울이 얼굴을 타고 툭툭 떨어졌다. 리랑이는 그 무게를 이기지 못해 자리에 털썩 주저앉았다.

그날 리랑이는 어떤 빵도 만들 수 없었다.

아리랑 제과점 문은 굳게 닫혀 있었다.

*[오늘 사정으로 하루 문 닫습니다]*라는 푯말만 바람에 나부꼈다.

커피 돌싱도 아침 빵을 가지러 갔다가 그저 기웃거린 후 돌아섰고 양배추 총각도 아침에 수확한 야채들을 소쿠리에 듬뿍 넣어 갔다가 빵집 한 바퀴만 휘휘 돌고 대문 앞에 놓아둔 채 돌아갔다.

"이모… 빵… 빵 이모. 리랑 이모."

카스텔라 왕자도 문을 두드렸다가 아침 식사를 굶고 기운이 쏙 빠져 학교로 갔다.

아리랑 제과점이 문을 닫자 무릉리의 아침은 건전지 빠진 북 치는 토끼 인형, 시간이 정지된 무인도 같았다. 양배추 총각은 허전함을 이기지 못해 그렇게 티격태격하던 커피 돌싱의 게스트하우스에 들렀다.

"여기 커피 한 잔 주세요."

"촌놈이 무슨 커피 맛을 안다고."

"아유 형님 저도 마실 건 다 마시고 산다구요. 그나저나 리랑 씨에게 무슨 일일까요? 우리 리랑 씨 아프기라도 한 거면. 으흐흑."

"에이구, 이 촌놈, 우리 리랑 씨 좋아하네. 넌 눈치도 없냐. 리랑 씨가 왜 저러는지… 누굴 좋아하는지? 몸집은 황소만 해서 센스라고는 파리똥만큼도 없으니 쯧쯧. 너 주려고 이 피 같은 커피를 내리는 나도 바보지. 저기 사발에 김칫국이나 퍼마시셔."

"엥, 리랑 씨가 좋아하는 남자가 있다구요? 누구, 누구요. 혹시… 형님이라구요? 어휴 형님 나잇값 좀 하십쇼. 천하의 바람둥이란 걸 알지만서도 우리 순결한 리랑 씨를 넘보다니 염치도 지랄 같이 없습니다요. 천사 같은 리랑 씨. 이 양배추가 지킵니다."

"아유 이 숙맥. 이러니까 네가 평생 머슴처럼 일하고도 여자 하나 없이 노총각으로 사는 거야. 걔 있잖아, 걔. 미라클!!"

"예? 그 서울? 제빵사? 뺀질거리던 녀석요?"

"그래. 어제 찐빵 날 치르고 둘이 같이 밤샌 것 같더라고. 그런데 이상하게 동트기 전에 그 녀석이 사라진 거야. 음 뭐랄까… 여자의 마음을 훔치고 달아난 거지. 마치 이 검고 진한 커피 한 방울처럼."

커피 돌싱은 자신이 내린 커피를 한 모금 깊이 음미했다. 양배추 총각도 따라 마시다가 푸읍! 하고 분수처럼 뿜어냈다.

"우이씨, 써! 무슨 한약도 아니고 이걸 무슨 맛으로 먹는다고."

"이런, 이런. 미련 곰탱이 같은 놈. 커피는 먹는 게 아니고 음미하는 것. 넌 왜 세상을 그따구로 사냐… 나이도 어린 게."

“커피고 뭐고, 떠난 긴 박수 칠 일인데 하아… 또 크루아상인가, 커다란상인가… 그 바삭 촉촉 맛난 빵을 못 먹다니 좀 아쉽기도 하고….”

커피 돌싱과 양배추 총각은 미라클의 빵맛이 떠올라 한마음으로 입맛을 다셨다.

“그치만! 세상 그 누구라도! 아니 저저저 신이라도! 우리 리랑 씨에게 손톱만큼의 상처를 남긴다면 저 가만두지 않을 겁니다. 이 양배추 목숨 겁니다! 용서하지 않을 거라고요!”

빵은 거짓말을 못 해

다시 깊은 잠에 빠져든 리랑이. 하루를 그냥 그렇게 잠에 빠져 보냈다. 이상하게 온몸이 개운하고 따뜻한 물에서 몸을 푹 담그고 나온 듯이 힘이 솟았다.

“미라클! 미라클….”

리랑이는 그 이름을 불렀지만 돌아오는 것은 허공에 실린 메아리뿐이었다.

‘떠났구나….’

리랑이는 본능적으로 비법 항아리가 있던 곳으로 고개를 돌렸다.

“역시 그 사람도….”

고개만 숙이려고 했는데 다리에 힘이 풀렸다. 털썩하고 주저앉는 리랑. 그때 삐걱, 하고 나무문이 열렸다.

"리랑아, 리랑아! 네가 이러고 있을 때가 아니다."

목장 어른이었다. 좀처럼 서두르지 않는 목장 어른, 이마에 땀이 비 오듯 쏟아지며 숨을 가쁘게 내쉬는 모습이 차도 안 타고 전속력으로 달려온 듯한 모습이었다.

"리랑아, 미라클이 미라클이!"

"아니, 어르신! 미라클이 왜요? 사고라도 난 거예요?"

리랑이는 미라클이 자신을 배신한 것이 아닐지도 모른다고 생각했다.

'사고일지도 몰라. 나를 배반하고 떠난 것이 아니라 그저 사고일지도….'

그렇게 믿고 싶었다.

"아가야, 아가야. 후~ 미라클을 구할 수 있는 사람은 너뿐이야."

큰 눈을 뜨고 깜짝 놀란 아리랑에게 목장 어른은 가쁜 숨을 가라앉히며 자초지종을 설명했다.

"미라클이 어렸을 적 너의 빵집이 있던 동네에 살았어. 아마 네가 아장아장 걸음마를 시작할 무렵 미라클이 거기를 제집 다니듯 드나들었을 거다. 미라클 아버지가 너희 찐빵이라면 사족을 못 썼거든. 느그 아버지도 미라클을 아들처럼 귀여워했단다. 어쩜 너희 둘은 마주쳤을 거야. 그런데 서로 그땐 너무 어려서 기억이 안 나겠지."

"아… 우리가 만났었다고요… 우리가 한동네에 살았다고요…."

"그래. 미라클의 아버지는 나랑 죽마고우이기도 하고. 이 사람을 빵집으로 끌고 간 것도 나였지. 성수도 말수가 없었고, 미라클 아버지도 그랬어. 그래도 서로가 맘에 들었는지 일 끝나면 가끔 소주 한 잔씩 나누는 사이가 되었네그려."

목장 어른은 셋이 소주잔을 기울이는 그 모습을 떠올렸다. 두 눈에 알싸한 소주 방울 같은 눈물이 어렸다.

"미라클 아버지가 네 아버지 빵을 너무 좋아하게 되었어. 그래서 빵 심부름을 그 녀석 미라클이 했던 거란다. 아마도 그 녀석도 빵 맛이 좋았던지… 훗훗. 성수 그 사람 빵으로 사람 홀리는 데는 뭐 있다니까. 그래서 미라클이 제빵의 길로 들어서게 된 거야. 잘 다니던 일류대학을 때려치우고 빵 배우러 가겠다고 했을 때 적극 지원한 게 바로 나지. 그 아이 아버지는 안 된다며 펄펄 뛰었지만 말야."

"그럼 미라클이 빵을 시작한 이유가 아버지?"

어쩐지 리랑이는 미라클을 보며 아버지가 보낸 사람이 아닐까 하는 생각이 자꾸 들곤 했었다. 그래서 의지하게 되었는지도.

"고럼, 고럼. 미라클 그 애가 워낙 총명하고 손재주도 타고나서 프랑스에서도 일등만 했어. 프랑스 제빵 장인들이 '엄지척' 했을 정도였으니. 그거 동양 사람으로는 참 어려운 일이거든. 그러고 나서 귀국을 했는데. 외국에서 돈을 다 쓰고 와서 빈털터리지 뭐냐. 제 아비는 아직 화도 널 풀렸고. 나라도 도와야지, 조그마한 자금을 융통해 줘서 그 녀석이 동네 작은 빵 가게를 시작했지. 아니나 다를까 그 실력이 바로 G2 그룹 회장에게 인정을 받았네. 허허. 거참 고 쪼그마한 녀석이 배포도 있어요. 바로 G2 그룹의 지원을 받으면서 미라클 베이커리라는 꽤 큰 베이커리 사업을 맡게 되더구나. 전엔 내가 도움을 주었지만 이젠 그 녀석 빵이 워낙 잘 팔려서 납품하는 데 내가 편해졌지, 따박따박 목돈도 들어오구 말이지 허허."

"아… 그랬군요. 대… 대단한 사람이었군요."

리랑이는 고개를 끄덕였지만 한편으로는 가슴이 아려왔다.

'역시 내 사람이 아니었어.'

"그런데 말이지 일이 이상하게 풀려가. 조 회장이 미라클에게 숙제를 준거야. 세계적인 브랜드로 만들어 주겠다고 약속해 놓고는 조건을 걸었지 뭐냐. 그게 뭐라더라. 마성의 팥빵을 만들라고 했던가. 아마 자기 딴에는 프랑스에서 배운 모든 실력을 동원해서 몇 개를 만들어 간 모양이야. 그런데 가져간 것마다 퇴짜를 놓더란다."

"왜요? 그 정도의 실력이면 팥빵 정도는 문제도 아니었을 텐데요."

리랑이도 점점 미라클의 이야기에 빠져들었다.

"그게 말이지. 팥빵이 그리 만만한 게 아니거든. 나도 평생 빵집들과 거래하고 세계적으로다가 유명한 빵도 많이 먹어봤지만, 팥빵만큼 대중적이면서 어려운 게 없더라고. 다들 똑같아 뻔해 대동소이해. 특별한 맛이 안 나. 그저 둥글넓적한 빵 안에 팥이 들었을 뿐이지 한입 베어 물면 뻔한 단맛 밖에 안 나는 거야. 다들 뭐 똑같은 제빵용 앙금을 써대는지. 서울 천지 돌아봐도 맛난 팥빵 하나 못 먹었으니. 그 때문에 구라파 애들이 레드빈 하면 고개를 젓고 그러지. 뭐 일본 애들도 마찬가지야. 너무 달아. 머리가 띵할 정도로."

"그런데요…?"

"응 그렇게 세 번의 기회를 조 회장이 줬는데 미라클이 두 번이나 퇴짜를 당한 거라. 미라클에게는 이제 한 번의 기회만 남은 거지. 그걸 성공하면 세계적인 베이커가 되지만 그 한 번을 실패하면 모든 것이 끝인 거야. 뭐 그냥 끝이 아니라 업계에 소문이 파다하게 퍼지겠지. 그 아이 인생은 그걸로 끝장인 거야. 네 말 대로 최고의 베이커다 제빵사다 하면서 유명해지긴 했는데 고작 팥빵 하나 못 만들었다고 소문나 봐라…. 그 빵집에 누가 빵을 사러 오겠니?"

리랑이는 발로 바닥에 찐빵 모양을 그리면서 잠잠히 듣고만 있었다.

"그런데 말이지. 그 아이가 하루는 나에게 네 아버지 이야기를 묻는 거야. 아저씨 아리랑 찐빵이 먹고 싶어요, 하면서. 내가 너의 아버지 일도 있고 그래서 말해줄까 말까 그렇게 망설이는데 그 애 눈빛이 너무너무 절실해. 가르쳐주지 않으면 애가 어찌 되겠다 싶더라고."

"그 찐빵 한 번만 맛보았으면 좋겠어요. 딱 한 번만이라도 아저씨…."

"그러길래. 내가 어쩌겠냐. 네 집 주소를 가르쳐 주었어."

"아, 그래서 그날 그리 서둘러 온 거군요."

리랑이는 미라클이 첫날 문을 두드리던 모습을 기억했다.

"미라클에게는 이 찐빵이 마지막 동아줄인 거야. 그래서 아마 너에게 죽기 살기로 접근했을 거고."

리랑이는 목장 어른의 이야기를 듣고 나니 그간 미라클이 자신에게 한 이야기와 행동이 하나하나 이해되기 시작했다.

'그래서 나에게 빵을 구워준 거였구나… 그럼 그 크루아상도 모두 거짓 맛이었을까…? 단순히 나에게 접근하기 위해서… 설마 그 티라미수도?'

리랑이는 조그마한 소리로 자기만 알아듣게 이야기하며 고개를 좌우로 흔들었다. 부정하고 싶었다. 욕심을 채우기 위해 만든 빵이라 하기엔 그 빵에 들어간 따스함과 온화함을 잊을 수 없었다. 빵은 제빵사의 마음, 자신도 빵의 맛은 심장으로 느낄 수 있었다.

"그런데 이게 말이지. 미라클이 네 찐빵을 맛보고 서울로 돌아갔잖냐. 그럼 어제저녁쯤이면 빵을 만들어야 할 텐데 그 아이가 미친 사람처럼 멍하니 앉아 있다는 거야. 테스트는 바로 하루 앞으로 다가왔는데 반죽할 기미도 안 보이고. 오죽하면 부셰프가 나에게 전화해서 어떻게 좀 살려 달라고 애걸복걸을 하겠니."

리랑이는 눈을 감았다. 눈을 감으니 미라클이 보였다. 그의 마음을 이해할 수 있을 것 같았다.

'그 사람의 입술, 티라미수의 보드라움, 그 사람의 담담함, 캄파뉴의 향기, 그 사람의 섬세함, 크루아상의 살결….'

리랑이는 미라클과 함께한 순간을 하나하나 빵과 함께 떠올랐다.

‘거짓만은 아니었을까. 아니었을 거야. 아니었겠지… 아버지가 그랬어. 사람은 거짓말을 해도 빵은 거짓말하지 못한다고.’

“리랑아! 그 아이를 살릴 수 있는 것은 바로 한 사람, 너뿐이다.”

“예? 제가요?”

리랑이는 깜짝 놀랐다. 그제야 멍하던 정신이 번쩍 뜨이는 것 같았다.

두 사람 사이에 잠시 침묵이 흘렀다.

“제가 도와주어야 하나요…?”

‘내가 왜… 내가 왜… 아버지와 나를 버리고 간 어머니처럼, 그 사람도 사랑한다고 말해놓고 나를 버렸어.’

비법 항아리를 훔치고 달아난 그 사람에 대해서 아직 미움의 그림자가 사라진 것은 아니었다.

“제가 뭐라고 그 대단한 사람을 도와줄 수가 있나요.”

목장 어른은 그 어느 때보다 인자한 눈빛으로 리랑이를 쳐다보고 있었다.

‘아버지, 아버지. 이럴 때는 어떻게 해야 하나요.’

리랑이는 오랜 시간 눈을 감았다. 목장 어른도 모든 마음을 이해한다는 듯이 묵묵히 바라봐주기만 했다. 그 누구보다 리랑이의 눈물과 상처를 아는 사람이었기에.

창밖으로 새소리만 똑소리 나게 청량했다. 깊은 침묵이 흐른 후 리랑이는 이내 눈을 떴다. 그리고 고개를 들었다. 아침 햇살 같은 미소와 함께.

“그럼… 도와주세요. 목장 어른.”

“그럼! 그럼! 그래야지. 장하다 리랑이, 장하다, 우리 아가, 우리 아리랑.”

목장 어른 눈에서도 눈물이 흘렀다.

‘성수야, 성수야. 성수 자네 딸이 이렇게 컸다네….’

목장 어른은 오늘 리랑이의 모습을 산속으로 사라져버린 옛 친구에게 보여주고 싶었다.

‘그래. 미라클이 목말을 태우며 키운 아들 녀석 같다면, 리랑아 너는 내 눈에 넣어도 가슴이 아리는 딸자식 같구나.’

목장 어른은 대견하다는 듯이 고개를 끄덕였다.

....

최후의 빵 최후의 미라클

‘과연 미라클이 내 의도를 알아차릴 수 있을까….’

조 회장은 턱을 괴고 가운데 손가락으로 네모난 안경테를 올렸다 내렸다 했다. 중요한 결정을 내릴 때 하던 습관이었다.

“회장님 내려가실 때가 되셨습니다.”

비서가 다가와 시간을 알렸다.

미라클 베이커리로 내려가는 엘리베이터 안. 이번에는 비서도 어떤 수행원도 따라오지 못하게 했다. 조용히 생각할 거리가 있었기 때문이다.

“솔직히 내 지식새끼들 보다 탐나는 재목이야.”

조 회장에게는 아들과 딸이 있었는데 아버지의 재력만 믿고 제대로 일을 배우려 하지 않았다. 그냥 뭔가 하나 떨어지겠지 하면서 흥청망청 돈을 쓰고 다녔다. 그런 시점에서 미라클을 발견한 것이다.

"미라클에게는 기술자로서의 천부적인 재능도 있고 성실함도 있고 이를 사업화할 수 있는 비즈니스 센스가 있어."

그런데 하나 부족함이 있었다. 승부욕이 너무 과한 나머지 적을 많이 만드는 모습이었다. 직설적이고 이기적인 성격. 그 점이 조 회장에게는 한계로 보였다.

"동네 빵 장사로는 어느 정도 먹고 살 수는 있겠지. 헌데 고 성격을 고치지 못하면 장사꾼으로 끝날 뿐 경영자가 되지 못하는 거야. 글로벌 경영을 맡기기엔 치명적인 한계야. 오늘 그 답을 볼 수 있겠지…."

조 회장도 오랜만에 설레었다. 미라클을 보면 이상하게 자신의 젊은 시절이 떠올랐다. 작은 서류 가방 하나 들고 해외시장을 개척하느라 말도 안 통하던 회사의 문을 두드리던 그때.

엘리베이터의 문이 열렸다. 과거의 청년 조 회장은 사라지고 현재의 베이커리가 조 회장을 맞이했다.

"셰프님, 셰프님! 회장님이 내려오고 계신답니다."

부셰프가 걱정스러운 듯이 발을 동동 구르며 시간을 알려주었다.

'조 회장님이 내려오신다.'

오히려 미라클은 담담한 마음이었다.

'무어라 설명을 드려야 하나….'

자신의 앞에는 첫 번째, 두 번째 도전에 썼던 뚜껑 덮인 은접시가 있었다.

"셰프님, 조 회장님이 도착하셨습니다."

부셰프가 이젠 울상이 되어 미라클을 바라보았다.

"아… 이제 결정의 순간이군!"

미라클은 가만히 눈을 감았다.

"조… 조… 조 회장님이 앉으셨답니다."

이제 부셰프는 숨이 넘어가 공포로 벌벌 떨면서 기절 직전이었다.

미라클은 눈을 떴다. 그리고 깊은 숨을 들이마셨다. 은접시를 디저트 커트로 올린 후 저벅저벅 걸어갔다. 조 회장과 미라클의 거리 100미터, 조 회장과 미라클의 거리 60미터. 담담하려고 했으나 멀리 앉아 있는 조 회장의 모습이 가까워지니 담담함은 사라지고 쥐구멍에라도 숨고 싶었다.

'나를 믿어준 사람. 기대와 지원을 아끼지 않고 친자식 이상으로 키워준 사람. 모든 세상이 나에게 등을 돌려도 오직 한 사람, 조 회장, 당신에게만큼은 인정받고 싶었는데….'

어린 시절 아버지에게 인정받고 칭찬받고 싶어서 찐빵을 사러 간 아이는 성인이 되어 한 남자에게 인정받기 위해 빵을 구웠다.

미라클이 빵에 대해 그렇게 고집스럽고 최고를 추구한 이유는 최고의 자리에 서고 싶은 욕망도 있었지만 오직 한 사람, 조 회장을 실망시키지 않고 싶었던 그 마음이 더 컸다.

'나의 가난한 크루아상을 맛나게 먹어준 사람, 초라한 첫 가게에서 나를 알아보고 끌어올려준 사람.'

미라클과 조 회장의 거리 40미터, 미라클과 조 회장의 거리 30미터.

"미라클 군!"

"회장님…."

둘 사이에는 침묵과 긴장이 흘렀다.

'저도 포기했던 저를 발견해 주셔서 감사합니다. 보잘것없는 저를 이만큼 키워주셔서 고맙습니다.'

이 두 사람을 지켜보는 베이커리 스텝들은 숨을 죽였다.

"이번엔 도대체 무슨 빵이 들었을까?"

"과연 미라클은 이번 기회를 잡을 수 있을까?"

"당연하지. 미라클이 어떤 베이커인데. 난다 긴다 하는 유럽의 장인들도 바닥에 엎드렸다잖냐."

"뭐 빵 하는 사람들끼리야. 조 회장 안목은 그 이상일 텐데 대단할 텐데…."

"야 그럼, 미라클이 못하면 우리나라에 누가 할 수 있겠냐?"

"하긴 그래. 뭐 좀 싸가지 없고 재수 없긴 하지만 제빵 계의 모차르트! 그 천재성은 인정, 인정!"

스텝들이 웅성웅성하는 사이 가장 숨이 넘어갈 것 같은 사람은 부셰프였다.

'저 뚜껑 안에는… 저 뚜껑 안에는.'

부셰프만이 알고 있었다. 그 안이 텅텅 비었다는 것을….

미라클은 두 눈을 지그시 감았다. 그리고 조심히 뚜껑에 손을 가져갔다.

'고백하리라, 그리고 사죄하리라.'

이를 지켜보는 부셰프.

"아, 미라클은 여기서 끝나는가!"

....

찐빵의 귀환

"셰프님!"

정적을 깨고 은방울 소리가 허공에 또랑또랑 울렸다. 숨죽여 그 광경을 지켜보던 직원들 속에서 한 사람이 앞으로 걸어 나왔다.

"잰 뭐야? 뭐지?"

"누구야 누구, 눈치 없이!"

직원들이 웅성거렸다. 미라클도, 조 회장도 목소리가 난 곳을 쳐다봤다.

"아리랑! 아니 당신이 여길 어떻게?"

리랑이가 서 있다니. 미라클은 믿기지 않았다.

'내가 긴장해서 헛것이 보이나…?'

미라클이 눈을 손으로 비비고 다시 쳐다봐도 그 여자 아리랑이었다.

깡촌 무릉리도 아닌 서울 한복판에서 아리랑을 보다니. 그것도 미라클 베이커리 유니폼을 입고!

"셰프님, 분부대로 가져왔습니다."

머리를 하나로 야무지게 묶고 셰프 모자까지 바르게 갖춘 아리랑. 특유의 미소를 지으며 미라클과 조 회장 앞으로 또각또각 걸어왔다.

리랑이는 미라클과 똑같은 뚜껑 덮인 은접시를 들고 있었다. 한 걸음 한 걸음 다가올 때마다 그 은접시는 아침 햇빛을 받고 샤랄라 빛을 발했다. 미라클의 은접시는 독을 발산하는 것처럼 거무튀튀했지만 아리랑의 손에서는 그 어떤 보석보다 투명하게 빛을 발했다.

"조 회장님, 셰프님의 지시에 따라 빵 시간을 맞추고자 조금 늦었습니다. 저희 미라클 베이커리를 대표할 마지막 빵은 바로 이것입니다."

놀라서 멍해진 입이 떡 벌어진 미라클. 이를 아랑곳하지 않고 아리랑은 또랑또랑한 목소리로 조 회장을 응대했다. 은접시는 조 회장이 앉아 있는 테이블 위로 안착.

"조 회장님 뚜껑을 열어주세요."

미라클은 어안이 벙벙했다. 도대체 상황이 어떻게 돌아가는 것인가? 이 모두 미라클이 연출한 상황이라고 믿는 조 회장. 불안함이 설렘으로 기분 좋은 기대로 한 단계 다가갔다.

'이전과 다르군, 무언가 새로운 것이 기다리는 것 같아.'

조 회장은 어린아이처럼 호기심 가득한 얼굴로 뚜껑에 손을 가져갔다.

"아니 셰프님이!!!"

"역시 미라클!!!"

"뭐야 우리 모르게 복병을 키우고 있었던 거야?"

"잰 뭐야, 뭔데 우리 유니폼을 입고 있는 거냐?"

"중요한 기술은 재만 가르쳐준건가?"

"음, 이렇게 물러날 미라클이 아니지!"

침묵은 깨졌다. 이 갑작스러운 광경에 당황한 것은 부셰프도 마찬가지였다. 전 직원이 웅성거리고 두근거리며 지켜보고 있었다.

두둥!

조 회장이 뚜껑에 손을 댔다. 조 회장의 손에 핏줄이 울컥! 뚜껑이 열렸다. 뚜껑이 열렸다.

살얼음 같은 긴장감. 그 팽팽함을 뚫고 자태를 드러낸 것은 바로….

"뭐야? 뭐야?"

뽀얗고 토실토실한 덩어리가 보였다. 그 위에 얇은 면포가 덮여 있었다.

설마… 설마…?

직원들은 믿을 수가 없었다.

"찌……찌……찐?"

찐빵이다!

조 회장이 면포를 들자 뽀얀 빛을 내며 통통하게 빚어진 빵이 실체를 드러냈다. 찐빵이 아담한 엉덩이를 내리깔고 피라미드처럼 쌓여 있는 게 아닌가.

"허! 찐빵이라!"

조 회장은 뜬금없기도 했고, 가만히 쳐다보니 웃음까지 나왔다.

"아니 뭐야, 찐빵?"

"뭐래! 미라클도 별수 없군"

"고작 찐빵이래."

"저걸 가지고 찐빵 가게라도 차리겠다는 거야 뭐야."

"저 여잔 뭐지? 우리 직원 중에 저런 애가 있었어?"

"골목 찐빵집에서 불러왔나?"

직원들도 술렁거렸다. 이전의 술렁임이 기대감이라면 지금의 술렁임은 허탈감이었다.

그러나 유일하게 기대감에 들뜬 한 사람, 어린아이처럼 호기심에 설레는 조 회장.

'이번은 달라… 미라클 군.'

조 회장은 미라클을 슬쩍 한번 쳐다보았다. 미라클은 조 회장과 눈을 마주칠 수 없었다. 그렇다고 아리랑을 쳐다볼 수도 없었다. 또 그렇다고 찐빵을 보고 있을 수도 없었다.

'될 대로 돼라. 차라리 눈을 감자….'

'음, 겸손해졌어. 첫 번째 두 번째 까불던 것과는 많이 달라졌어.'

미라클이 심사를 받아들이겠다는 것으로 이해하고 조 회장은 찐빵으로 눈을 가져갔다. 리랑이가 얼떨떨해 얼어 있는 미라클을 대신해서 찐빵을 조 회장 앞에 가져갔다. 동그랗고 옹골지게 생긴 찐빵, 먼저 손으로 기분 좋게 착 하니 감겨왔다.

"빵에 손맛이 있다. 차갑지도 뜨겁지도 않은 온기. 촉촉한 살의 향."

조 회장의 손안에 오롯이 감기는 찐빵. 찐빵에 여리게 잡힌 주름은 자신을 바라보며 웃음 짓던 어머님의 눈가를 떠올리게 했다.

"그 맛이 궁금해 미칠 것 같다."

입을 열어 한입에 아웅 베어 문 조 회장. 찐빵의 절반가량이 조 회장 입으로 들어갔다. 딱 두 입 크기의 찐빵이었다.

'헉! 이 맛은!'

조 회장의 눈이 휘둥그레졌다.

'그저 보통의 찐빵일 줄 알았어. 그저 옛날 향수를 불러일으킬 뿐 그저 그런 찐빵일 줄 알았단 말이야. 그런데 이 맛은 무얼까. 입에서부터 혀를 감싸고 코에 산들바람을 불게 한 후 마음까지 전율을 느끼게 하는 맛. 이 빵, 이제까지의 빵과는 차원이 다른 맛이었다. 새로운 듯하나 그 언젠가 본 듯한, 낯설지만은 않은 빵. 정체가 과연 무엇인가?'

"피난길 어머님의 등에 업힐 때, 바람은 찼어도 그 따뜻한 온기. 어머니 품의 냄새! 은은한 달콤함. 내가 갓난아기 때 기억도 못 할 시절을 본능적으로 추억하듯 빵이 그 맛을 일깨워 주고 있어."

조 회장은 잠시 안경을 벗고 촉촉해진 눈을 끔뻑거렸다. 그 누구에게도 보이지 않던 눈물이었다. 멍하니 하늘을 쳐다보는 척했다. 그리고 무안한 듯 아무렇지도 않게 보이려고 두 손으로 얼굴을 감싸는 듯하다가 남몰래 흐르는 눈물을 닦았다. 그리고 안경을 다시 썼다.

여전히 묵묵히 고개를 숙이고 있는 미라클. 초롱초롱 당돌한 눈으로 조 회장을 바라보는 한 아가씨. 조 회장은 이 두 젊은이를 번갈아 쳐다보았다.

"이게… 이게 어떤 빵인지 설명해 줄 수 있겠나? 미라클 군."

"그게 회장님, 그 빵이…."

미라클은 자수하는 죄인이 자백을 결심해도 버벅거리듯 쉽게 말을 이어가지 못했다. 고개를 드는 것 같았으나 다시 푹 숙였다.

그러자 리랑이는 미라클 옆으로 다가가 미라클의 손을 잡았다.

"세상 어디에도 없는 그러나 그 누구의 마음에나 있는 그런 팥빵입니다."

"어디에도 없으나 누구에게나 있다…."

조 회장은 아리랑의 말을 흥미롭게 여기며 되새겨보았다.

차근히 찐빵에 얽힌 이야기, 그 실마리를 풀어나갔다.

이 빵은 회장님이 드시는 오늘 가장 맛있게 만들어졌으나 회장님이 태어나기 전부터 준비되어온 빵이지요.

'빵은 신의 육체, 이 빵을 만들기 위한 가장 첫 준비는 술, 바로 신의 눈물 술이라오. 현무암 지하 암반에서 샘솟는 맑은 물과 쌀누룩이 만나 술로 빚어지지요. 그 안에 숨 쉬는 효모, 그 효모가 빵에 생명을 불어넣습니다. 이 찐빵의 효모는 회장님이 태어나신 1950년 그때 전쟁 통에서도 살아난 씨 누룩이라오. 한 해 한 해 거듭해가면서 깊은 생명력을 갖게 된 효모가 밀가루와 만나면 지긋이 발효되면서 빵에 폭신하고 향긋한 생명을 불어넣지요.' _ **양조장 할배**

'앙꼬 없는 찐빵은 찐빵이 아닌 법, 그 맛의 비결은 팥에 있다우. 팥은 비바람을 맞고 새벽 새소리를 들어야 옹골지게 들어차네요. 예로부터 팥은 사악한 귀신을 쫓고 몸을 정갈하게 하는 기운이 있어 귀한 대접을 받았어요. 단단한 팥의 향과 맛을 열기 위해서는 팥을 쑬 때 특별한 정성이 필요하지. 우선 한번 부르르 끓여 쌉싸래한 내를 없애고 팥 신에게 기도를 해야 해요. 못되고 사악한 귀신은 저 멀리 쫓아내주시고 잘 되게만 잘 풀리게 해주소서. 그렇게 기도를 올리고 나면 불을 약하게 하여 뭉근하게 끓이지. 그럼 팥 신이 대답을 해와. 입을 살짝 벌리며 그 껍질 속에 뽀얗고 보드라운 속살을 내어주거든. 그때부터 가마솥에 주걱으로 살살 저으며 보듬어주어야 해요. 그럼 분이 포슬포슬 일어나 구수한 맛도 있고 달코름한 향도 있어, 물론 가슴을 에는 겨울철 쌉싸름한 맛도 있지. 그 팥의 이야기를 온전히 삶아내어야 팥의 향과 맛이 나는 거야.' _ **콩팥 할매**

'그날 제분한 밀가루는 미네랄이 가득한 청정수와 효모를 만나 꽃이 피어나요. 밀의 향긋함과 고소함이 열린다고 할까요. 숙성된 반죽은 분할하는데 손에 넘치지 않게 담아요. 아가의 손을 잡듯이. 준비된 팥소를 안에 넣고 보드랍게 감싸 넣지요. 아가의 심장처럼. 그리고 한 번 더 숙성을 시켜요.' _ **아리랑**

'빵 반죽이 숙성될 동안 곱게 타오르는 장작이 필요해요. 뒷산의 신선한 공기를 먹고 자란 나무만을 골라서 태양에 습기를 말려요. 나무의 결이 견고하고 하늘로 잘 자란 나무만이 부드러운 불로 타오릅니다. 물론 태양 아래서 잘 건조되어야 빵에 피울 장작이 되어요. 장작에 불을 지펴 가마솥을 걸면 이제 찐빵을 쪄낼 준비가 다 된 거예요. 불이 흔들리면 빵이 흔들려요. 빵 맛의 절반은 불 맛이지요.' _ **양배추 총각**

'여기서 포인트! 빵 반죽은 설탕 대신 신선한 목장 우유로 반죽을 해야 해. 우유의 수분이 빵을 말랑말랑 촉촉하게 하기도 하고 유지방은 빵살의 조직감을 보드랍게 해주지. 유당은 효모의 먹이가 되어 빵 반죽이 뽀송뽀송 솜털처럼 부풀어 오른다는 사실.' _ **목장 어른**

'이때 2차 숙성까지 완료된 빵 반죽. 오븐에 구우면 250도 이상의 고온이 되기 때문에 빵은 부풀어 오를지 모르지만 유익균들이 다 죽어버리죠. 그러면 빵 맛이 밋밋해지는 것도 당연지사. 그래서 찜통에 찌는 것이 더욱 좋아요. 100도 이하의 은은한 수증기로 익어가기 때문에 유

익균들도 살아있고 빵에도 열전도가 천천히 되어 골고루 천천히 부풀어 오르게 돼요. 이때 비로소 찐빵은 살아 있는 생명체가 되는 것이죠. 특히 빵을 찌기 전에 태양 볕에 살짝 표면을 건조하는 것을 잊으면 안 돼요. 그러면 찐빵 표면에 얇은 막이 생겨요. 자체가 작은 가마솥이 되어서 수분이 밖으로 빠져나가는 것을 막는 것이죠. 빵 자체의 수분을 통해 열전도 현상을 일으키며 스스로 익어가게 만드는 거예요. 그러면 속부터 말랑말랑 촉촉하게 익어가기 시작해서 겉까지 고루고루 맛나게 쪄진답니다.' _ **카스텔라 왕자님**

'이 찐빵의 매력은 금방 쪄낼 때보다 가마솥에서 꺼내어 한 김 식은 후에 더욱 맛나다는 것이에요. 그 이유는 여전히 유익균이 숨을 쉬고 있기 때문이에요. 빵을 금방 구워낸 후 먹을 수 있으면 가장 좋을 테지만 그럴 수 있는 사람은 빵집 주인뿐이죠. 저같이 직장 일도 해야 하고 아이들은 학교도 가야 하고 애 아빠는 퇴근 후 동료들과 술 한잔도 기울여야 해요. 그러다 보면 빵이 만들어지고 한참 지난 후거든요. 오븐에 구워낸 빵이 구운 시점에서 가장 향기롭고 맛이 좋다면 이 찐빵은 쪄낸 시점에서 반나절이 지날 때 가장 맛이 좋아요. 사람들이 저녁에 도란도란 모여 있을 시간이지요. 이 빵의 시계는 만드는 사람의 타이머가 아니라 먹는 사람들의 시간에 맞춰져 있어요.' _ **크루아상 며느리**

그때 한 남자가 조용히 등장했다.

"엇, 게스트하우스 사장님!?"

커피 돌싱이었다. 바리스타의 복장을 하고 브라운 중절모를 예쁘게 눌러 쓴 모습이었다.

“자 숙성의 원리를 잠시 설명해드릴까요. 커피도 그렇죠. 로스팅한 원두도 적절히 공기와 닿아 숙성될 때 비로소 최고의 향이 피어나요. 그래서 갓 로스팅한 커피보다는 짧게는 하루 길게는 4~5일 정도 숙성시켰을 때 절정에 달해요. 이 찐빵도 그렇답니다. 익은 후에 숨을 쉬어요. 뭉쳐진 팥 향이 빵 살로 깊이깊이 스며들고 빵 살은 수분이 공기 중으로 날아가며 조금 더 팥에 착 달라붙게 되어요. 빵은 팥을 껴안으며 사랑하는 연인이 한 몸이 되는 것처럼. 이런 사랑스러운 빵을 그냥 먹을 수는 없죠. 커피를 곁들이는 센스. 이때 과실 향이 싱그러운 가이샤 커피를 곁들이세요.”

조 회장에게 핸드드립으로 내린 가이샤 커피를 한 잔 따랐다. 조 회장은 그 말에 혼이 나간 듯 멍해졌다. 자신에 앞에 졸졸 따라지는 커피 향에 깨어나 눈동자의 초점을 되찾아갔다.

“아 과연!”

포근하고 따스함이던 빵 맛이 화려한 날개를 달았다. 착하고 순박한 동양의 시골 아가씨였다면 가이샤와 함께한 이 빵은 그리스 신화에 나오는 풍만하고 매혹적인 여신이었다.

‘헤라를 떠올리는 맛이야. 많은 이들이 숭배를 받는 신들의 여신! 만물의 어머니 헤라!’

....

미라클은 계속된다

조 회장은 촉촉해진 눈을 지그시 감고 미라클을 향해 말했다.

"미라클 군, 역시 자네는 내가 낸 문제의 해답을 찾아냈군. 고맙네. 그리고 장해."

미라클은 아직도 얼떨떨했다. 자신의 눈 앞에 펼쳐지는 상황이 도무지 믿기지 않았다.

"미라클, 이번 과제는 자네에게 빵을 얼마나 잘 만드는지 기술력을 테스트하기 위함이 아니었어. 이미 자네는 기술자를 넘어 장사꾼이 된 상태였지. 그러나 경영자가 될 수 있을지 의문이었지. 자네에게도 나에게도 확신이 서지 않았던 게야."

“경영자요?”

“그래. 많은 사람을 이끌 수 있는 경영. 그러기 위해서는 자네의 성공을 위해 몸을 불사를 수 있는 사람이 필요해. 그런 사람들이 믿고 따를만한 덕목이 자네에게 있을까, 보고 싶었던 게지.”

미라클은 자신의 과거가 번개처럼 스쳐갔다. 더 많이 팔기 위해 안간힘을 쓰고 더 높이 오르기 위해 남을 짓밟고.

‘이미 빵을 처음 만들 때의 그 정성 그 기쁨과는 너무나 멀리 떠나왔어. 나도 모르게 괴물이 되어가고 있었던 거야….’

“더 큰 사람이 되기 위해 자네가 필요한 것은 사람의 마음에 귀를 기울이는 것이야. 이 찐빵처럼 말이지.”

“회장님, 그럼 우리 셰프님, 미라클 셰프님 합격인가요?”

그때까지 뒤에서 조마조마하고 있던 부셰프가 조 회장에게 안달이나 물었다.

조 회장은 숨을 한 번 들이쉬더니,

“합격, 합격일세!”

“와~~~!!!”

미라클 베이커리의 스텝들은 건물이 떠나갈 듯 환호를 질렀다.

“미라클 베이커리가 세계로 간다!!!”

이전까지 셰프를 물고 뜯고 웅성거리던 스텝들도 모두 한마음이 되어 부둥켜안았나.

"역시 우리 셰프님, 짱!"

"미라클은 우리를 저버리지 않았어. 기적은 계속된다! 으흐흑."

"야, 뭐해 빨리 비행기 표 예약해."

"엄마, 나 세계 진출해요."

"우리 결혼은 좀 미루자, 외국물 좀 먹어보고"

애인에게 가족에게 전화를 걸어 기쁨을 전하는 직원들도 있었다.

조 회장은 이야기를 계속했다.

"자네의 재능을 떠보려는 심산으로 이번 테스트를 한 것은 아니야. 솔직히 자네의 첫 번째 빵, 두 번째 빵도 나쁘진 않았네. 그러나 모든 것이 자네의 기술을 뽐내는 것 그 이상도 그 이하도 아니었어. 그러나 이 찐빵은 달라. 달라도 확연히 달라. 만든 사람의 시점, 즉 갓 구워낸 빵이 맛있는 것이 아니라 손님이 먹을 때 맛의 정점에 달해야 하네. 자네를 더 큰 세상에 내보내기 위해서는 자기중심적이 아니라 세상의 중심을 읽을 줄 알아야 한다는 것을 알려주고 싶었지."

이 말을 듣고 있던 리랑이는 행복한 웃음을 지었다. 지난날 아버지가 자신에게 빵을 가르칠 때 처음 시작했던 말과 똑같은 이야기를 조 회장이 하고 있었다.

"이 찐빵은 그 마음을 맛보여주었어. 미라클 군, 이 따끈따끈한 마음으로 전 세계 사람들의 마음을 사로잡아보게. 이 마성의 찐빵으로 세상을 사랑으로 중독시켜보게."

환호하는 군중을 뒤로 하고 조용히 돌아오는 조 회장. 조 회장은 자신의 청년 시절을 떠올려보았다.

'근사한 빵집에 들어가 따끈따끈한 빵을 먹고 돌아오는 내가 꽤 멋져보였지. 까마득히 그 빵을 잊고 치고 치이고 바쁘고 떠들고 방황하다가 그 빵이 다시 먹고 싶을 때 빵집은 사라지고 연락할 도리가 없었다. 먹을 수 있을 때 먹지 못하고, 사랑할 수 있을 때 사랑하지 못하고, 기억 속에서만 그리워하는 바보. 그 안타까움의 연속이 나의 삶이었구나.'

에필로그

항아리의 비밀이 드러나다

미라클 베이커리의 직원들은 기쁨에 들썩였고 갑자기 나타난 리랑이의 존재, 미라클과의 관계로 술렁거렸다.

"우리나라 최고의 베이커는 역시 우리 캡틴이야."

"야. 우리나라 최고가 뭐냐. 이제 세계를 주름잡을 셰프님한테."

"싸가지 없다고 툴툴거릴 때는 언제고."

"천재가 그깟 싸가지가 문제냐? 천재가 성격까지 좋은 거 그게 더 재수 없는 거야. 그런데 가만 보니 이제 사람도 좀 되어가는 것 같고."

"자식, 네가 무슨 사람 됨됨이가 어쩌고 저쩌고 할 군번이야? 천하의 조 회장님이 괜히 미라클을 점찍었겠어? 될 사람은 떡잎부터 다른 법이지."

여직원들은 무엇보다 갑자기 나타난 리랑이의 존재로 술렁거렸다.

"아니, 저 여자는 누구야? 사내 연애는 쌍칼 들고 잘라내더니…."

"에이. 우리 캡틴한테 저 여자가 어울리기나 하겠니? 저 촌스러움이 뚝뚝 흐르는 것 좀 봐라, 얘. 재벌 2세들도 우리 캡틴 만나고 싶어 줄을 서는데. 그냥 시골에서 찐빵 맛집으로 이름 좀 난 데 딸이겠지."

"맞아, 맞아. 요새 왜 <무적달인>인가 TV에서 본 것 같기도 하고."

"꺄아악… 저 끝까지 멋진 거 봐."

미라클은 자신의 방으로 돌아왔다. 기쁜 미소로 그저 방실방실 웃고 있는 리랑이, 어디로 가야 할지 모르는 그녀를 조용히 손을 잡고 이끌어 방으로 들어왔다.

방문을 닫았다. 술렁거리는 소리가 닫히며 조용한 둘만의 세상으로 들어온 것이다. 책상 위에는 비법 항아리가 놓여 있었다.

미라클이 긴 침묵을 깨고 말을 꺼냈다.

"미안해… 그리고…."

리랑이는 미라클의 입을 막고 말을 이었다.

"이 항아리 열어봤어요?"

"아니… 차마…."

"크크크. 바보. 나 재워놓고 그렇게 몰래 못나게 훔쳐 놓고."

아리랑은 뾰로통한 표정으로 그 항아리로 다가갔다.

"항아리에 뭐가 들어있는지 궁금하지 않았어요?"

"왜… 왜 나를 용서한 거야?"

미라클은 미안한 마음과 후회에 차마 항아리가 궁금하다고 말하지 못했다.

'나의 추억 속에서 당신의 그림자를 본 순간, 나는 당신을 잊을 수 없겠구나, 생각했어요. 애써 지우려 해도 당신은 이미 나의 차디찬 심장을 갈아 치워버렸어. 기왕 이렇게 될 바에야 사랑하자 그랬어요. 밉고도 미운 당신을.'

아리랑은 하지 못한 말을 가슴에 써 내려가며 한동안 눈을 감고 눈물을 흘렸다. 이내 찡긋하며 남몰래 눈물을 닦고 미소를 되찾았다.

항아리를 안고 미라클이 있는 방향으로 돌아섰다.

"자~ 이 비법 항아리를 우리 미라클 셰프님, 당신께 공개해드리죠. 이 항아리는 바로~!"

항아리가 열렸다.

"허허헉. 이럴 수가!"

아무것도 없다. 항아리는 비어 있지 않은가.

"아버지가 물려주신 비법은 다름 아닌 무릉리라는 세상과 사람들이었어요. 항아리를 남기신 날 그 옆에는 편지 하나가 놓여 있었지요."

[리랑아, 빵을 만들다 보면 자연스럽게 욕심이 생기기 마련이란다. 이 항아리를 옆에 두고 너의 욕심은 담아두고 사랑은 꺼내어 쓰거라. 이 항아리가 있는 한 사람들이 네 옆으로 모여들 것이다. 그리고 슬프게도 그들 중 네가 가장 사랑하는 사람이 이 항아리를 탐낼 것이다.]

실제로 미화는 그 항아리를 훔친 다음날 성수를 어두운 밤에 찾아갔었다. 어린 딸 리랑이의 얼굴도 아른거렸고 성수와 행복했던 지난날이 하나둘 빵에 어려오는 것이다. 사기꾼들과 자신의 욕망에 휩쓸려 항아리를 훔치긴 했지만 제 정신이 돌아오자 자신의 행동이 후회가 밀려왔다.

그리고 어두운 밤에 다시 그 항아리가 있던 자리로 되돌아갔다. 그날 성수의 작업실. 돌아온 미화를 보고 성수는 칼날 같은 소리를 퍼부었다.

"네가 어떻게 나를! 돈에 눈이 멀어서 가족도 딸도 다 내팽개쳐?"

"용서해줘요. 이렇게 용서를 빌러 왔잖아요."

눈물을 흘리며 미화는 꿇어앉아 두 손을 모아 빌었다.

"그깟 항아리가 뭐라고, 너 하나를 믿었던 내가 병신이지. 나가 버려 그 항아리 갖고 썩 꺼져버려!"

성수는 들고 있던 반죽 밀대를 미화를 향해 냅다 던졌다.

그러자 밀대에 맞은 항아리가 벽에 부딪히며 산산조각이 났다.

미화는 평소에 인자하지만 한번 화나면 불의 화신처럼 변하는 성수를 알고 있었다. 그러나 그 증오의 불이 자신을 향해 타오를 줄이야. 무서웠다. 그리고 그 항아리에 아무것도 없다는 사실에 입을 다물지 못했다.

'미안해, 라는 말은 이미 늦었어. 당신에게 들리지도 않을 거야. 고아로 평생 외로운 삶에 오직 사랑했던 한 사람. 진정 당신을 사랑했는데… 그 진실만은 잊지 말아줘요.'

미화는 미친 여자처럼 빵집을 빠져나갔고 그 길로 옛날 영춘 빵집이 있던 산지천 앞바다로 달려가 그 밤바다에 목숨을 던졌다.

"우리 리랑이… 리랑아 엄마를 용서해라."

"이 항아리는 제 주인을 찾으면 비법이 되지만 그렇지 못하면 무서운 저주의 항아리가 된다고 하셨어요. 결국 아버지도 그 비법을 못 쓰고 사라지신 거예요. 그래서 숙제를 저에게 남겨주셨는지."

"그러고 보니 내가 그 앞에서 벌벌 떤 것도 다 이유가 있었군. 정말 아무것도 할 수가 없었어. 무서워서 아무것도."

미라클은 미안하다는 말을 그 말로 대신했다.

"욕심이 커지면 두려움이 되는 거죠. 아버지가 남긴 찐빵의 비법은 사랑은 꺼내 쓰고 욕심과 집착은 저 항아리에 담아두라는 것이었어요. 그래서 저 항아리를 훔쳐 가는 사람은 찐빵의 비법이 아니라 욕심과 집착을 훔쳐 가게 되는 거예요."

이런 말을 듣고 있던 미라클, 허탈한 미소만 지을 수 있었다.

“당신이 이 항아리를 들고 사라진 날, 저도 화가 나서 미칠 것만 같았어요. 두 번 다시 당신의 얼굴을 보고 싶지 않았으니까. 물도 밥도 먹지 못하고 멍하니 있었는데 그 항아리 옆에 두었던 아버지의 편지가 들어오더라고요. 편지를 읽다가 문득 그 뒷장을 봤어요. 그런데 이런 말이 있더라구요.”

[딱 한 번 용서해라. 내가 그것을 못 해 이 찐빵이 저주의 빵이 되었구나. 네가 나 대신 그 사슬을 끊어다오.]

미라클이 리랑이를 쳐다보았다.

“그럼 나를 정말 용서해줄 수 있어?”

리랑이는 그 어느 때보다 방긋거리며 웃었다.

“그럼요. 이제 이 찐빵은 저주의 빵이 아니라 사랑의 빵으로 새로 태어나는 거예요. 그러고 보니 사랑과 욕심은 아리랑 찐빵의 안과 속 같아요. 찐빵의 뽀얀 살이 검은 팥을 껴안아야 오롯한 찐빵이 되는 것처럼.”

“당신과 나의 사랑의 찐빵으로….”

“나는 당신이 있어야 꿈을 꿀 수 있어요.”

“나는 당신이 있어야 숨을 쉴 수 있어.”

미라클은 리랑이를 껴안고 깊은 입맞춤을 나누었다.

열린 문틈, 이 광경을 묵묵히 지켜보고 있던 한 사람이 살짝 닫아주었다. 커피 돌싱.

"어르신 미션 완료했습니다."

"됐다네. 미션 클리어!"

아리랑 제과점에 모여 있던 마을 사람들은 소리를 질렀다.

"성수, 우린 약속 지켰네. 리랑이의 짝을 찾아준다는… 이 정도면 꽤 근사한 놈을 찾아준 거지. 후훗."

목장 어른은 남은 찐빵을 하나 꿀꺽 집어삼켰다.

미라클 베이커리

초판 1쇄 2020년 7월 20일

지은이 임선영
발행인 겸 편집인 유철상
편집 남영란, 이정은, 이현주, 정예슬
디자인 노세희
마케팅 조종삼, 윤소담

펴낸곳 상상출판
출판등록 2009년 9월 22일(제305-2010-02호)
주소 서울시 동대문구 정릉천동로 58, 103동 206호(용두동, 롯데캐슬피렌체)
전화 02-963-9891
팩스 02-963-9892
전자우편 sangsang9892@gmail.com
홈페이지 www.esangsang.co.kr
블로그 blog.naver.com/sangsang_pub
인쇄 다라니

ISBN 979-11-90938-01-3(03810)

- 이 도서의 국립중앙도서관 출판예정도서목록(CIP)은 서지정보유통지원시스템 홈페이지(http://seoji.nl.go.kr)와 국가자료종합목록 구축시스템(http://kolis-net.nl.go.kr)에서 이용하실 수 있습니다. (CIP제어번호 : CIP2020027527)